KB013131

사랑의 증명

Proof of Love

사랑의 증명

오휘명 소설적 에세이

히읏

차례

일러두기 저자 고유의 글맛을 살리기 위해
표기와 맞춤법은 저자의 스타일을 따릅니다.

part

01

우리는 언제까지
서로에게 애틋할 수 있을까?

우리는 과연
언제까지 서로에게 애틋할 수 있을까?

1

웥트 디즈니의 오프닝 영상을 보면 누구라도 가슴이 두근거린다. 별들이 빛나는 밤하늘로부터 카메라 앵글이 내려오고, 사방에서 불꽃놀이가 터지는 궁전을 빛의 구체가 크게 감싸며 마지막으로 월트 디즈니의 영문 필기체 로고가 그려진다.

우리 사랑은 그것과 시작은 비슷했지만 끝은 달랐다. 별이랄지 궁전이랄지 빛의 구체 비슷한 것들도 있었던 것 같긴 했지만, Walt Disney, 라는 멋들어진 필기체 글자 대신 '이건 궁전이 아님' 또는 '임대 문의' 같은 멋도 없고 이전까지의 서사와 어울리지도 않고 엉뚱하기까지 한 글자가 난데없이 들어찼던 느낌이었달까.

이별의 과정은 지극히 허무하고 심심했다. 사랑의 시작과는 다르게.

오월의 어느 한가로운 정오에 작은 다툼이 있었다. 평일이었고 나는 전철을 타고 마포구의 작업실로 향하고 있었고 그 사람은 집에 있었다. 학교에 가지 않아도 되는 날이라고 했다. 그 사람은 오늘 해야 할 집안일이랄지 사야 할 것, 그리고 어제 만난 친구와의 이야기 등 일상에 관한 말들을 하고 있었고 나는 서서 혹은 걸으며 그 이야기를 듣고만 있었다(그녀는 원래 별다른 일이 없어도 통화하기를 즐기는 사람이었으므로). 그러면서는 '도착하자마자 가구 조립부터 하고 빠르게 움직여서 다른 일들도 해치워야지'라고 생각하고 있었다. 그때의 나는 작가로서 작업실이라는 공간을 갖는다는 건 무척 설레는 일이지만, 그만큼 챙겨야 할 것도 많다는 것을 하루만큼씩 깨닫고 있었다.

"응, 내려서 걷고 있었고 이제 작업실 문 앞. 잠깐만. 나 이것 좀 열고."

전화기를 어깨와 턱 사이에 끼우고 어깨에서 흘

러내리는 가방이며 손에 든 쇼핑백을 추스르면서 낑낑대기를 잠깐. 겨우 열린 문 앞에는 조립해야 할 가구가 산처럼 쌓여 있었다. 내가 이렇게 많이 샀던가. 별안간에 막막해져서 한숨을 쉬었었나 보다. 그 사람의 목소리가 작게 들려왔다.

"왜 한숨을 쉬어?"

"왜 한숨을 쉬냐니?"

"나랑 전화하기 싫어?"

그랬던가. 알 수가 없었다. 내가 정말 조금 전에 한숨을 쉬었는지. 정말 내가 이 사람과 통화하기 싫었던 건지. 평소라면 '그게 아니고'로 시작되어 다소간의 애교가 섞인 변호를 늘어놓았겠지만, 나는 다시 한숨을 쉬며(이번엔 진짜 한숨이었던) 그 사람에게 쏘아붙였다.

"그게 궁금해? 근데 난 말할 기분이 아닌데."

"말할 기분이 아니라니."

"그냥 말할 기분이 아니라고. 유정아 미안한데 우리 잠깐만 연락 쉴까?"

그 말을 뱉은 다음에는 그 사람으로부터 어떤 대답이 돌아왔었는지, 또 내가 어떤 표정을 지었고 저녁으로는 무엇을 먹었는지가 제대로 기억나지 않았다. 그저 말 그대로 나는 내 시간을 '가졌다.' 시간을 갖기로 하며 대화를 마친 다음의 나는, 정말로 나의 시간을 분주하게 가졌다. 가구를 조립했고, 또 뒤늦게 도착한 다른 가구를 조립했다. 이곳에서 해야 할 일들을 하나씩 따져가며 리스트를 만들기도 했다.

그리고 그렇게 며칠이 지났을까. 그 사람으로부터 전화가 걸려 왔다. 그 사람은 전화를 받자마자 날이 선 목소리로 무슨 말들을 쏘아붙이고 있었다. 나는 미안하다고 말하려다가. 가만 있어 봐. 이게 또 뭐가 미안할 일인가. 미안하고 싶지 않은데. 더는 미안하기 싫은데. 라는 생각으로 조용히 입을 열었다. 인제 그만 미안하고 싶다고. 그만하는 게 맞는 것 같다고.

그렇게나 허무한 이별이었다.

우리 몫의 이별은.

우리는 특별할 거라는 착각은
한동안 나와 당신을
영화 속 주인공이라도 된 것처럼
행복하게 만들어주기도 하겠지만

때로는 마치 삼류 영화의 엔딩처럼
한없이 뻔한 결말을 가져오기도 한다

2

사실 다른 연인들도 마찬가지였겠지만, 이제야 알지만, 운명과 우연이 점철되어 시작되고 또 이어져 왔던 연애였으니까 마무리 역시 조금은 다를 줄로만 알았다. 적어도 서로 날 선 마음들은 주고받지 않을 줄 알았다. 헤어진다고 하더라도 운명의 장난이나 인간의 힘으로는 어쩔 수 없는 일에 휘말려 마지못해 이별하게 될 줄로만 알았는데. 만나서 헤어지는 것도 아니고 고작 전화로 서로를 상처 주고 이별을 고하는 우스운 꼴이라니.

물론 헤어지고 나서 나에게는 얼마간 아무 일도 일어나지 않았다. 오히려 평화로움마저 느낄 수 있었다. 나는 나만의 삶을 책임지고 바쁘더라도 오롯이 나의 일들로만 바빠할 수 있다는 게. 아무것도 하지 않고, 그러니까 어디에 메시지를 보내거나 전화를 거는 대신 그냥 전원 꺼지듯 하루의 끝을 맞아도 된다는 게 일종의 포상처럼 다가오는 날도 있었다. 형편 역시 그때까지는 매우 좋지 않았기에 데이트 비용도 아낄 수 있었고. 주말에는 자고 싶은 만큼 잘 수도 있었고. 친구 만나는 일도 몸 생각 안 하고 술과 폭식으로 나를 마음껏 파괴하는 일도. 로맨스 영화를 아무렇지도 않게 틀어놓고 타인의 사랑을 관람하는 일, 나는 이다음의 사랑을 어떻게 해나갈지 망상하는 일도….

일로 만난 사람이나 오래전부터 그저 그런 친구로 알고 지내던 사람, 아니면 새로 내 앞에 나타난 사람까지. 이별한 후에 주변을 둘러보니 사람은, 그러니까 연애 감정을 품을 가능성이 1%라도 있는 사람은 정말 많기도 많았다. 대화를 나누다가 지나가듯, 아니면 특별할 것 없는 식사 자리에서 '지금 만나는 사람'에 관한 이야기가 오갈 때면, '저요? 만나는 사람 없어요'라고 말하는 것으로부터 이유를 알 수 없는 묘한 희열을 느끼기도 했다. 신기하군. 나 헤어지고 싶었나? 그 사람이 싫었던 적도 없었고 우리가 억지로 만난 것도 아니었을 텐데.

하지만 사람들이 말하길, 죽은 사랑에 관해서도 애도 기간이라는 걸 둬야 한다더라. 그러니까 이별하고 나서는 적어도 백 일은 다른 연애를 시작하지 않는 것이 지나간 사랑과 사람을 향한 예의인 거라고. 그런 말을 들을 때마다 나는 마치 선심 쓰듯 생각했다. 그래야겠지. 아무렴 그렇고말고. 나도 이별을 충분히 애도해 주겠어. 그리고 그 기간이 다 지나가고 나면 다시 새로운 사랑을 맞을 수도 있겠지.

그렇게 오 년이 지났다.

그 이별의 애도 기간이 지난 뒤에 몇 명의 사람을 새로 만나기도 했다. 그중엔 아주 짧게 스치듯 만난 사람도 있었고 제법 오래 함께한 사람도 있었다. 그 사람들과는 나름의 크고 작은 추억을 쌓을 수도 있었다. 하지만 어째서일까. 나는 좀처럼 그 사람, 유정이라는 사람의 얼굴을 머릿속에서 흩어 날려버리지 못했다. 어쩌면 오 년 동안 그 사람을 생각하지 않은 날이 단 하루도 없었을 만큼. 그래서 그게 도무지 이해가 되지 않는 날에는, 또 마침 취하기까지 한 밤에는, 방 벽에 기대어 이렇게, 하소연하듯 혼잣말하곤 했다.

꼭 헤어져야만 했던 거라면 조금 더 잘 헤어질 걸 그랬지. 그러면 내가 이렇게나 오래 그 사람을 생각할 일도 없었을 텐데.

3

나름대로 분주히 움직이면서 지낸 게 효과가 있기는 있었는지, 나를 둘러싼 많은 것도 서서히 괜찮아지기 시작했다. 사실 별다르게 내세울 만한 것들도 아니다. 다만 이전의 상황들이 너무 가난하고 비루했을 뿐이다. 드디어 순수하게 글로만 백 단위의 돈을 벌 수 있게 됐다든가. 할부를 어느 정도 꼈지만 내 명의의 자동차를 몰 수 있게 되었다든가. 가끔 몇 달에 한 번은 팔자에도 없던 고급 식당을 찾거나 괜찮은 호텔에서 쉴 수 있게 되었다든가 하는 정도일 뿐.

마음에 관한 것도 뭐. 화를 조금 덜 내게 됐다든가. 그땐 온종일 쩔쩔매며 어쩔 줄 몰라 하던 일을 대수롭지 않게 여기게 됐다든가 하는 것 정도. 그러니까 사람들이 흔히 말하는 '어른'이라는 것에 아주 조금이나마 더 가까워진 느낌이랄까.

그럼 사랑에 관한 것도 많이 바뀌었냐고? 사랑도 좀 더 사랑답게 잘하게 된 거 아니냐고? 글쎄. 그건 좀 예외가 아니었을까.

천성이 예민한 부분이 있었으니 이 사람이 나와 친구로 남을지 아니면 연애 감정을 기반으로 한 무언가가 될지를 파악하는 것은 예나 지금이나 귀신같이 잘했지만, 문제는 그다음이었다. 이 사람이 내게 호감이 있는 것을 정확히 알고 있고 나도 마침 이 사람에게 적지 않은 호감이 있다는 걸 알아도 별다른 액션을 취하지 못했다. 밥 한번 먹자고. 술 한잔하자고 남들은 잘만 말하던데 나는 죽어도 입이 안 떨어졌다. 그쪽에서 먼저 그런 말을 건네와도 나는,

"네, 뭐. 그러죠."

라고, 속으로는 몹시 기뻐하며 말하는 것이었지만 타인이 보기엔 탐탁잖은 반응으로 보일 수 있는 대답을 할 수밖에는 없었다. 나라는 사람 자체가 표

정도 말투도 다양하지 않았으니까. 그러면 상대방은 곧 나를 못 볼 것이라도 봤다는 듯한 표정으로 보면서 떠나가기에 바빴다.

상대방은 나에게 호감이 있는 것을 알겠는데 나는 그렇지 않을 때도 어쩔 줄을 몰랐다. 그 사람의 호감을 단칼에 잘라내지도 못했고 그 마음을 갖고 놀려 들지도 않았다. 어떤 약아빠진 사람들은 관계에서 생긴 그러한 갑을관계를 파악하자마자 자신의 마음을 무기로 삼아 휘두르기도 하고 단순히 그날그날의 '몸의 외로움'만을 달래기 위해 그 사람을 만나기도 한다던데. 그건 나로서는 상상할 수도 없고 실행에 옮길 수는 더더욱 없는 일들이었다.

물론 누군가와 함께하는 낮부터 밤까지의 시간을 그 사람에게 온전히 맡겨본 적, 그리하여 연인 관계도 아니면서 그 사람과 몸을 섞은 적도 한두 번쯤 있기는 있었다. 이렇게 시작되는 연애도 있을 거라고, 어른들의 사랑은 응당 이런 것일지도 모른다고 생각하면서.

당연하게도 그건 커다란 착각이었다. 그렇게 시

작되는 연애도 이 도시의 어딘가에는 분명히 있을지 모르겠지만 적어도 그게 내 것이 아니라는 것은 잘 알 수 있었다. 좋아하는 감정이 없는 상태로 단순히 스포츠처럼 행해지는 관계는 나의 어떤 외로움과 고독도 해결해 주지 못했다. 오히려 더 고조시켰다면 모를까. 마치 술이 그런 것처럼. 해본 적은 없지만 마약이 그런 것처럼. 그것들을 접하는 그 순간에는 강렬한 자극에 도취되어 정신을 못 차리지만, 그 접촉이 끝나고 난 다음에는 영혼이 통째로 말라버린 것 같은 숙취와 자극으로 망가진 몸만을 목격하는 것처럼 그렇게. 소나기 같은 시간이 지나가고 난 뒤에 아침에 혼자 남은 나는 오히려 더 외로운 사람, 조용함에 몸부림치는 사람, 고독한 사람이 되어 있었다.

4

그러니까 아주 천천히, 그리고 나에게 어쩌면 당신에게도 좀 매몰찬 마음으로 생각해 보면, 특별하다고만 생각했던 우리 관계도 결국은 몸이 간질간질 외로워서, 그게 아니어도 마음의 어느 한구석이 가려워서 서로를 만나고 갈구했던 게 아닐까 하고 의심하게 되는 거다. 사실 그때의 우리는 서로를 향한 강렬한 열정과 서로를 소유했다는 환희 같은 것을 사랑이 실존한다는 증거로 착각했던 게 아닐까 하고. 어쩌면 그건 우리가 서로를 만나기 전에 얼마나 외로웠었는지를 보여주는 어떤 현상에 불과했을지도 모르는 건데….

그래 담백하게 고백하자면. 삶에 외로움이 많았다.

그 외로움은 가족이나 친구 한 명도 없이 혼자서 평생을 살아왔다든가 하는 거대한 이유로부터 태어난 외로움은 아니었다. 그저 다른 것을 좋아하는 외로움이나 쓸데없는 것에도 슬퍼하는 외로움처럼 시시콜콜한 외로움들이었다.

초등학생 시절의 나는 그 누구도 죽지 않는 게임이 좋았다. 게임 안에 영웅과 악당이 있다고 해봤자, 그리하여 권선징악이 있다고 해봤자 악당이 무참히 죽기보다는 '죄를 뉘우치거나' '눈물을 흘리는' 정도의 게임을 좋아했다. 그래서 친구들과 놀기 위해 모였을 때도 당당히 그 게임을 들고 갔었던 거고. 하지만 그때 처음으로 알았지. 내가 좋아하는 것을 타인들이 좋아하지 않을 수도 있으며 반대로 남들이 다 좋다고 하는 것도 내게는 안 좋을 수 있다는 걸.

친구들은 그때 한창 유행하던, 인간과 우주 괴물이 싸우는 게임에 미쳐 있었다. 게임 안에서 인간들은 열심히 우주 괴물과 싸웠지만, 우주 괴물이 결국 그들에게 가까워지고 공격을 가하면, 마치 딸기 케이크가 뭉개지듯이 너무도 비현실적인 모습으로 터져버리고 말았다.

이런 게 좋은 거고 네가 가져온 건 좋지 않은 거야, 라고 말하는 친구들을 보면서, 딸기 케이크처럼 뭉개지는 인간들을 보면서, 나는 처음으로 다른 것을 좋아하는 데서 오는 외로움을 알았다.

쓸데없는 것에 일일이 슬퍼하는 일 역시 외로운 일이었다. 다른 사람들은 대수롭지 않게 여기는 것, 이를테면 꽃이 떨어지는 일이라든가 여름에 매미가 나무에서 떨어지는 일, 개그 프로그램에서 만담의 희생양이 되어 누군가로부터 빰을 맞는 바보 역할을 보는 일 같은 것에도 시도 때도 없이 내 코는 매워져야만 했다. 어쩌면 저 꽃은 이 계절 내내 누구의 시선도 받지 못했을지 모르는데. 어쩌면 저 매미는 결국 누구에게도 자신의 외침을 들려주지 못했거나 짧은 사랑조차 이루지 못했을 텐데. 저렇게 빰을 맞을 필요까진 없었을 텐데. 누군가는 바보 같다고 하지만, 저 생각과 결단이 저 사람에게는 최선이었을지 모르는데. 웃음의 재료로 소비되고는 있지만, 정말로 저 사람과 똑 닮은 사람이 어딘가엔 정말로 있을지도 모르는데. 그리고 그 삶의 장르는 코미디가 아닐지도 모르는데.

나의 그런 잦은 슬픔을 이해하는 사람은 많지 않았다. 거의 없었다. 그러므로 외로웠다. 그뿐만이 아니었다. 내게는 다친 곳이 더디게 아무는 외로움도 남들이 가진 것을 가지지 못한 데에서 오는 외로움도 남들에겐 웅당 없는 게 맞는데 나는 가진 데에서 오는 외로움도 있었다. 그것들은 처음엔 모두에게 다 있는 줄 알았으나 훗날 그들에겐 없다는 걸 알게 된 외로움들이었다. 그리고 그런 외로움이 그 사람, 유정에게도 나름대로 사는 내내 있었던 거다.

나는 알 수 있었다. 이렇고 저런, 그리고 크고 작은 외로움에 젖어있던 시절에 내가 블로그에 끼적여둔 〈계단〉이라는 제목의 메모에 가까운 글을 그 사람이 유독 마음에 들어 했다는 사실을 알게 되었기 때문이다.

나라는 존재에게 오래도록 머무는 이는 드물었다.

고풍스럽지 않고 어느 한구석은 반드시 모났으며 툭하면 담배꽁초나 침 같은 걸 맞곤 했던 존재. 변변찮음이 천성이라 머무름이 익숙잖던 존재.

가끔씩 제법 오래 머무는 이도 사랑스럽진 않았다. 술기운과 슬픔이 반반이 채로 내게 기댔던 이들

은 잠만 잘 뿐 콘크리트 빛의 마음을 듣는 이가 없었다.

변변찮음이 천성이라, 어두운 사연이 있는 이들만 잠시 머물렀던 존재. 수천수만의 발이 물결쳤고 아무도 멈추지 않았다. 울고 우는 얼굴들이 있었고 감히 낭만을 꿈꿨다. 채 양생되지 않은 회색 알맹이는 아직 부드러웠고 나는 순수한 슬픔만으로 다가올 이를 기다려왔다.

그리고 어느 날, 당신이 울며 다가와 앉았다.

그 사람은 이후에도 생각날 때마다 이 글에 관해 말하기를 즐겼다. 벌써 한참 오래 되어버린 글, 그리고 개인적으로 여기기엔 습작에 가까운 글이었으므로 좀 그만 말했으면 하는 마음도 있었는데 그 사람은 아랑곳하지 않았다. 네가 바로 그 외로워하는 계단이고 나는 마찬가지로 외로웠던 지나가던 사람이라고. 그래서 우리가 이렇게 함께 있는 거라고. 이 글을 만나서 정말 반가웠고 점점 반가움을 넘어서 너라는 사람 자체가 궁금해지기 시작했다고. 그러니까 이 글이 아니었으면, 우리는 어쩌면 만나지 못할 수도 있었을 거라고.

그러니까 어쩌면, 나와 당신은, 그간의 외로움의 깊이가 얼마나 깊었는지를 알려줄 뿐인 그런 반작용과 같은 반가움과 기쁨에 정신이 팔려 그것을 사랑이라고 착각했었던 게 아닐까 하고.

또 더 깊이 생각해 보면, 그러므로 당시의 나는 번지르르한 명분을 앞세워 그 사람과 헤어졌었던 게 아닐까 하고. 사실 그 사람을 위해서 열심히 살다 보니 그 사람을 놓쳐버렸다는 건 거짓말이 아니었을까 하고. 다만 권태로워졌을 뿐이 아니었을까 하고.

그때의 나와 오늘의 나에게 묻는다

사랑이었을까?
사랑이 아니었을까?

그러니 한 사람은 미소 짓고
다른 한 사람은 울먹이기 시작한다

그때의 나도 오늘의 나도 분명 나인데
꼭 다른 대답을 하려는 것처럼

5

난데없이 쉬는 날이 생겼다. 공교롭게도 같이 일하는 사람들 모두에게 제각각의 사정이 생겨 그 누구도 회사 일을 보지 못하게 되었기 때문이다. 누구는 급체를 했고 누구는 개인적이고도 급한 외부 미팅이 잡혔으며 또 누구는 예비군 훈련을 가야 한다고 했다. 난 다 알아요. 나 빼놓고 맛있는 거 먹으러 갔지? 라고 농담 삼아 채팅방에 말을 띄웠지만, 그 누구도 이렇다 할 호응을 해오지는 않았다. 하긴 바쁘거나 아플 테니까. 아니야. 진짜 나 빼고 노는 건가? 라고, 나는 스스로에게도 농담을 하며 뜻밖의 휴일 아침을 열었다.

이런 날엔 뭘 하면 좋을까, 하다가 문득, 어디라도 가버리고 싶다는 생각이 들었다. 아무리 집돌이에 가만히 있는 걸 좋아하는 성격이라지만, 아주 가끔은 이런 마음이 생겼다. 강릉이나 부산이니 하는 먼 곳이 아니더라도, 수도권 안쪽일지라도 좋으니 어딘가로 작은 여행을 떠나고 싶다는 마음이.

호텔이나 갈까. 같이 갈 사람은 없어도. 그냥 혼자 가서 책도 읽고 영화도 보고 와인도 마시면 좋을 것 같은데.

사용 빈도가 적어 모르는 사이에 휴면 상태가 되어 있던 숙박업소 앱을 열어 좋아하는 호텔들의 가격을 찾아보았다. 평일이라서 그런지 당일에도 방이 있는 곳이 꽤 있었고 가격도 엄청나게 비싸지만은 않았다. 뭐 애초에 자주 찾던 호텔들이 좋다고 해봐야 4성급 호텔들이었으니. 그중 한때 내가 가장 좋아했던 곳, 인사동 메인 거리의 바로 앞에 있는 호텔이 마침 눈에 들어와 재빨리 예약을 하곤 갑자기 분주해진 마음으로 나갈 준비를 했다.

시간은 아직 아침 7시였고 체크인은 오후 3시부터였지만, 아무리 멀고 차가 막혀봤자 한 시간 조금 넘기는 거리였지만, 그래도 조금이라도 빨리 나가고 싶었다. 나가는 김에 주변 드라이브도 하고, 호텔에 쌓아두고 먹고 싶은 것과 마시고 싶은 것을 좀 제대로 골라서 사 가고 싶었으니까.

삶에서 타이밍이 차지하는 영역은 어쩌면 절대적으로 넓을 수도 있겠구나, 라는 생각이 새삼스레 스쳤다. 아닌 게 아니라 그날은 타이밍적으로 완벽한 날이었다. 집에서 나오니 엘리베이터가 내 층에 있었고 호텔 가는 길이 평일에는 원래 그런 건지는 몰라도 하나도 안 막혔다. 좋아하는 가게는 포장이라고 할지라도 죄다 웨이팅이 기본인 곳이었지만 이상할 정도로 한산했다. 그렇게 모든 것이 착착 들어맞아서, 나는 남은 시간을 온전히 풍경을 구경하고 운전을 즐기는 데에만 쓸 수 있었다. 삼청동은 골목골목이 예뻤고 외갓집이 있어 어릴 때 자주 드나들었던 세검정은 새삼스럽게 고즈넉했다.

세 시에 맞춰 체크인한 호텔은 내가 좋아했던 그 모습 그대로였다. 뷰가 엄청 뛰어나지는 않았지만 그래도 눈이 트이는 느낌도 있기는 있었고 마침 공기까지 맑았기에 저 멀리까지 잘 보였다.

곧바로 술을 마셨다. 그러고 싶었다. 가방 안에 읽으려고 가져온 책이 있다는 걸 너무나도 잘 알고 있었지만 억지로 외면했다. 한식 양식 가리지 않고 두어 군데를 돌아 포장해 온 안주들을 텔레비전을 보며 아무렇게나 먹고 마셨다. 영화 채널에서는 내가 아는 일본 영화가 송출되고 있었다. 저거 영화 채널에서는 잘 안 해줄 텐데. 평일 낮이라 저런 매니악하고 소소한 영화도 해주는구나 생각했다. 나야 좋지. 한때 영화로도 원작 소설로도 좋아했던 작품이었다. 주인공들이 짓는 표정과 대사 같은 것들도 어느 정도는 따라 할 수 있을 정도로.

영화가 결말을 향해 달리면서 곧 익숙한 선율이 흐른다. What a Coincidence. 직역하자면 '이런 우연이' 또는 '얼마나 우연인 일인가?' 정도일까.

영화는 정말 우연과 우연의 반복으로 흘러간다. 마침 남자가 자전거를 타고 지나가던 곳이 예전 연인이 결혼식 하객으로 와 있는 성당이었다든가, 아주 오래전에 두 사람이 보았던 한 아마추어 첼로 연주자가 이제는 프로 연주자가 된 것을 둘이서 다시 보게 된다든가.

타이밍. 그 타이밍이란 놈이 저렇게 몇 번이고 겹치고 들어맞는 것도 복이다 복. 그 생각을 하며 옷도 안 벗고 드러누웠다. 부모도 못 알아본다는 낮술을 했더니 주량보다 훨씬 적게 마셨는데도 하늘이 핑핑 돌고 있었다. 호텔의 깔끔하면서도 예쁜 천장... 저 천장은 호텔에서만 볼 수 있는 천장... 우리 집에는 없는... 누구의 집에도 웬만하면 없는...

그러다 또 별안간, 그 여자 얼굴이 떠오르는 거다. 한낮의 드라이브랄지 호텔이랄지. 그 사람과는 이런 것들을 즐긴 적이 단 한 번도 없었는데. 라면서.

그때 우리는 가난하고 어리고 불안정했다.

나는 이름만 작가에, 정작 글로 버는 돈은 월에 오만 원도 되지 않는 사실상 백수였고 나와는 나이 차이가 꽤 났던 그 사람은 한창 학교만 드나들었던 대학생이었다. 나는 그래도 내가 그나마 사회인이라는 이유, 나이가 더 많다는 이유로 멋대로 그 사람을 책임지려 들었고, 더 좋은 것을 해주지 못해 혼자 자격지심을 느끼고 있었다.

그 사람은 그런 나를 보며 괜찮다고, 이런 소소한 것들을 함께하며 지내는 것도 충분히 즐겁다고 말해주었지만, 그 속내가 어땠을지는 지금에 와서는 그 누구도 알 수 없겠지. 나는 그 사람의 젊음이, 그리고 아름다움이 마냥 아름답기만 하지 않았다. 가끔은 아팠다. 모두가 그런 건 아니지만 승무원을 준비하는 대학생들은 또래의 잘생기고 능력 좋은 남자를 만나기도 하던데. 그들은 연인이 다니는 학교 앞에 제법 멋진 옷차림으로 또는 멋진 자동차를 끌고 연인을 데리러 와서는, 마찬가지로 근사한 식당 같은 곳으로 가서 그날그날의 즐거운 데이트를 만끽하던데. 그런 자격지심이나 출처 모를 부채 의식 같은 것이 시시때때로 나를 괴롭혀서 그 사람을 생각하는 내 얼굴을 웃게 만들기도 하다가 일순간 구겨버리기도 하다가 하였다. '내가 과연 그 사람 곁에 있어도 괜찮은 걸까?'

그렇게 우리는, 어쩌면 당연하게도 지극히 제한적인 것들만을 함께했다. 대중교통이 허용하는 곳까지만, 그리고 대중교통이 허용하는 시간대에만 움직일 수 있었고 근사한 곳에서 먹고 자는 일이 없이 매번 같은 곳에서 매번 비슷한 수수한 것들을 먹기만 했다. 우리가 눕는 침대는 늘 좁았다.

그러니까 그 사람은 정말로 그것들이 좋기만 했다고 하더라도, 나의 마음과 관련해서는 그 가난과 불안정함이 우리가 헤어졌던 이유의 전부까진 아니어도 일부쯤은 됐을지도 모른다고 생각하게 되는 거다.

그러게. 역시 그 타이밍이라는 게. 그게 거의 전부였던 게 아니었을까.

그때 마침 내가 그 정도쯤 생각하고 그쯤 글을 쓸 줄 알았으며 그쯤 적당히 매력적이었기 때문에, 그리고 마침 네가 외로웠기 때문에 네가 날 볼 수 있었던 것이고, 그래서 우리는 만났던 것이었을까? 그리고 이별도. 마침 그때 우리가 그렇게도 불완전했기 때문에 헤어질 수밖에 없었던 걸까? 만약 그때가 아니라 지금이었다면, 내가 여러모로 조금 더 여유 있는 사람이 되었고 네가 사회의 일원으로 일인분을 너끈히 하게 된 지금 만났다면, 우리가 더 행복할 수 있었을까?

원하는 순간이 어떤 순간이어도 좋으니
과거의 한때로 돌아갈 수 있다면
어느 때로 돌아가고 싶냐는 시시한 물음 앞에서

모두가 첫사랑을 만나기 전이요
공부를 다시 시작할 수 있을 때요
그 사람이 세상을 떠나기 전이요
감상에 젖어서 나름의 대답을 늘어놓는데

나는 절대 과거로 안 돌아갈 거라고
딱 잘라 말하는 사람이 한 명 있었다

하지만 그 누구도 그 사람에게
왜 돌아가고 싶지 않으냐고 묻지 않았다

과거로 돌아가고 싶지 않은 이유는
그 과거가 너무나도 힘들었기 때문에 혹은
조금의 후회도 남지 않는 선택을 했기 때문에
둘 중 하나일 것을 모두가 알고 있었지만

두 가지 대답 중 어떤 대답을 들어도
결국 자신의 마음만 아파질 것을 알기 때문이었다

6

장 선배로부터 전화가 온 건 그로부터 며칠이 지나지 않았을 때였다. 장 선배는 나보다 다섯 살 많은 선배로, 여러 언론사나 잡지사와 함께 일하며 나름대로 그 바닥에서 입지를 탄탄하게 잡아가고 있는 사람이었다. 물론 매체를 대상으로 한 작업만 맡을 뿐, 자기 이름을 걸고 책을 낸다든가 한 적은 한 번도 없었기에 대중들에게는 생소한 이름이었지만 말이다. 나는, 이번엔 또 뭐야, 그렇게 혼잣말하며 전화를 받았다.

"아 또 무슨 일이세요."

"너 요즘 뭐해?"

"나야 뭐 출판사 일하죠. 남의 글도 만지고 내 것도 쓰고."

"바빠서 아주 죽겠어?"

역시 그거구만. 장 선배가 내게 전화를 거는 목적은 둘 중 하나였다. 마침 퇴근도 했겠다 날씨도 좋겠다 술이나 한잔했으면 하는데 불러낼 사람이 한 명도 없을 때 혹은 급하게 마감해야 할 일이 있는데 혼자만의 힘으로는 절대 못 해낼 것 같을 때. 시간으로 미뤄보았을 때 전자는 아닌 듯싶었다. 바깥은 해가 쨍쨍했고 퇴근은 아직 한참 멀었었으니까.

"글쎄요."

"별로 안 바쁘구나. 그럼 너 파리 한번 갔다 오자."

"파리요? 갑자기 뭔 파리야."

전에도 종종 이런 부탁이 있었다. 패션에 관해서든 여행에 관해서든 칼럼 하나는 기가 막히게 쓰는 양반이었지만, 소속 없이 프리랜서로 일하다 보니 일감이 몰려 있을 땐 힘에 부쳐하곤 했다. 장 선배는 그때마다 의뢰처에 솔직하게 말했다. 지금 일이 너무 많이 몰려서 힘들 것 같은데요. 그러면 거래처는 장선배를 몹시 신뢰하기 때문이었는지 아니면 다른 데에 의뢰하기 귀찮아서였는지 '전부 당신이 작업하지 않아도 되니 기한만 맞춰주면 된다'는 말을 전해오곤 했었다. 그렇게 내가 장 선배의 눈에 띈 거였다. 오래전부터 장 선배와 나는 문체가 사뭇 닮았다는 평가들을 들어왔고, 나라는 사람이 어떤 일을 떠맡게 되든 내 일처럼, 때로는 나의 뼈와 살을 깎아가면서까지 임한다는 것을 알고 있기 때문이었다.

그때부터 나는 종종 장 선배의 작업을 대신 맡았다. 물론 전적으로 내가 쓰고 퇴고까지 해서 장 선배에게 전달한 글들은 말 그대로 내가 한 것들이었으므로 페이는 온전히 나의 것이었다. 나는 좀 고생스럽긴 하지만 페이가 생기니 좋고, 장 선배는 돈은 못 벌지만 포트폴리오가 하나 생기니 좋고. 또 장 선배가 우리 회사 사람들이랑 생판 모르는 사이였던 것도 아니었고. 그렇게 도움받은 만큼 또 도움을 줄 때도 있었고. 그건 서로에게 괜찮은 작업 방식이었다. 하지만 그래도 그렇지 파리라니. 나는 다녀와봤자 제주도 정도일 거라고 생각했는데.

이야기를 듣자 하니 이번에는 박물관 또는 미술관에 관한 칼럼을 써야 한다고 했다. 루브르나 오르세, 오랑주리나 퐁피두 같은 데는 관련된 글이 쌔고 쌨는데 뭐 하러 직접 찾아가면서까지 글을 써야 하는지를 물으니 아니란다. 그렇게 유명한 곳 말고 좀 독특한 미술관이나 박물관을 주제로 글을 써야 하는데, 그러려면 직접 찾아가야 하는 수밖엔 없고, 내가 아는 사람 중에 어지간히 글도 쓸 줄 알고 사진도 찍을 줄 알고 영어도 죽지 않을 정도로는 하는 애, 아무 데나 던져놔도 잘 지내는 수더분한 사람, 무엇보다도 여유로운 애가 너 말고는 없다고…. 아니 이게 칭찬이야 험담이야. 나도 나름대로 일정이라는 게 있는 바쁜 사람이거든요.

"나도 바쁜데…."

"거짓말하지 마라. 너네 회사 지금 딱 안 바쁠 때인 거 내가 모를 거 같냐."

"아니 그렇긴 한데…. 그럼 혼자요?"

"이게 놀러 가는 게 아니고 일하러 가는 거라 예산이 정해져 있어. 딱 너만 갖다 와야 돼. 일정은 3박 4일이고 가야 할 곳이랑 동선은 다 형이 짜줄게. 그냥 그대로 가서 보고 찍고 네가 느낀 대로만 써 오면 돼. 괜찮지?"

나는 선배의 성격을 잘 알고 있었다. 보통 그 정도까지 열정적으로 말하면 조금도 의견을 굽힐 여지가 없다는 뜻이었다. 나는 결국 마지못해 그의 부탁을 수락했고, 전화를 끊자마자 회사와 일정을 조율하고 비행편과 숙소를 알아봤다. 비용은 내 돈 하나 안 들이고 모두 청구하는 것임을 알았지만, 그렇다고 너무 비싸고 좋은 것들로만 떡칠하면 선배나 나나 면이 안 살 것을 알아서 심혈을 기울여야 했다.

파리. 파리라.

사실 4년 전에도 나는 파리에 갈 준비를 하고 있었다. 그땐 타의가 아니라 자의에 의해서였다. 매번 똑같은 곳에서 똑같은 사람들만 만나고 똑같은 시간만 보내다 보니 자꾸 뻔한 결과물만 나오는 것 같아, 한 번도 가본 적 없는 먼 곳으로 가서 새 책을 쓰고 오려고 했었다. 그래서 고른 도시가 파리였고.

그리고 그때도 나는, 파리에 갈 준비를 하며 그 사람을 생각하고 있었다. 파리에 간다면, 그리고 거기에서 너를 잊을 만한 기회가 단 한 번이라도 생긴다면, 거기에 너를 버리고 오고 싶다고.

물론 전 세계를 뒤덮은 전염병으로 나는 준비까지 다 해두고는 파리로 못 가게 되었고, 울며 겨자 먹기로 파리 대신 제주도로 향해야 했다. 그리고 다시 4년이 흘렀다.

다시 파리로 갈 준비를 한다.
이번에는 너를 버리고 올 수 있을까?

7

오늘 아침에는 방에서 작은 손님을 봤어.

어딘가가 간지러워서 깼을 때였어. 꿈에서는 누군가가 내 손등을 쓰다듬어 주는 것 같았는데, 살짝 뜬 눈의 한가운데에는 작은 거미가 한 마리 있었던 거야. 화들짝 놀라서 그걸 바닥으로 뿌리치고는 침대에서 튕기듯 일어날 수밖에 없었어.

어쩌지, 살충제를 가져와야 하나, 아니야, 아침 거미는 귀한 손님이라던데. 휴지로 집어서 내보내야 하나. 일단은 거실에서 한 손엔 살충제, 한 손엔 휴지를 들고 다시 방에 들어왔어. 죽이든 내쫓든, 돌아와서 결정하기로 했던 거야.

돌아온 곳에 거미는 없었어. 시간은 아침 일곱 시, 어딘가에 거미가 있다는 사실에 다시 잠들 수는 없었어. 지난밤에는 새벽 네 시가 넘도록 TV를 보다 잠들어서 꽤 피곤했는데. 아무튼 그래, 그 거미 때문에, 피곤해도 다시 잠들 수 없었어. 그래, 일이나 해야지, 나는 체념하고 샤워를 하고 옷을 골라 입고, 아침부터 글을 쓰러 나왔어.

눈이 내리고 있었어. 사실 며칠 전에 이미 첫눈 내리는 걸 본 적이 있는데, 그건 아마 '공식적인 첫 눈'은 아니었나 봐. 분명 내게만큼은 그때 본 눈이 첫눈이었는데, 세상 사람들은 인터넷에서 오늘이 드디어 첫눈 내린 날이라고 떠들고 있었으니까.

있지, 나는 그때 우리가 했던 약속을 떠올렸어. 우리 여행 가기로 했잖아. 일본도 중국도, 유럽 어디라도 좋으니까, 눈이 오는 타국으로 함께 가자고. 겨울옷을 서로에게 입혀 주고, 이민이라도 가는 것처럼 떠나자고. 그곳이 겨울왕국이든 어디든 상관없으니까. 분명 나만의 첫눈을 볼 땐 떠오르지 않았는데, 오늘 그 약속이 떠오른 거야, 아마 세상 사람들 모두가 보고, 너도 보고 있을 '공식적인 첫눈'이어서 그랬던 걸까?

왜, 우리 그런 농담을 하기도 했잖아. 어디선가 돌아다니는 웃긴 사진을 보면서, '런던 국밥'이라는 간판을 보면서 말이야. 어쩌면 파리에도 '파리 한의원' 같은 게 있지 않을까 하고. 파리 한의원은 그렇게 멀어진 우리들에게 정말로 있지도 또 없지도 않은, 영원의 가능성으로만 남아 있게 됐어.

나, 내년엔 파리에 가게 될 것 같아. 이번에도 혼자겠지. 숙소를 한 달쯤 빌려 지내며, 그곳에서만 쓸 수 있는 글들을 쓸 생각이야.

도시를 오가다, 또 골목을 산책하다, 정말로 파리 한의원을 찾게 되면 그때는 어쩌지, 그땐 정말이지 파리에 한의원이 있었다고, 심지어 이름도 파리 한의원이라고 네게 메시지를 보내야 하는 걸까? 꼭 실제로 보여 주고 싶다고, 약간의 미련을 섞어 말 걸어 봐도 되는 걸까? 하지만 잘 알아. 이제 와서 영원의 가능성으로만 존재했던 그곳이 실제로 있다는 걸 알게 됐다고 해서 우리 사이가 달라지지는 않을 거라는 걸.

거미를 피해 나온 카페에서, 어쩌면 너도 그런 아침 손님이 아니었을까. 기억 속에서 영영 없애야 할까, 아니면 고이 감싸서 보내 줘야 할까를 고민해도, 나름의 결론을 내려 봐도 너는 자꾸 사라지고 없잖아. 점점 잊히잖아.

나는 내 방 어딘가에 내가 아닌 손님이 있는 것이 무서워서, 언제 불쑥불쑥 튀어나올지 몰라 불안해서 집 밖의 찻집으로 도망쳐 온 사람. 또 네가 내 안의 보이지 않는 곳에 숨어버린 것이 무서워서, 언제 떠올라 나를 울릴지 몰라서 파리로 도망치려는 사람이야.

12월 3일, 거리에서는 벌써 크리스마스 캐럴이 끊이지도 않고 흘러나오고 있어. 크리스마스가 오려나 봐, 우리가 한 번을 함께하지 못한 크리스마스가. 나는 이렇게 여러 기억으로부터 자유롭지 못한 채로 있어.

내년에 파리에 가게 된다면.
그곳에서 파리 한의원을 찾게 된다면.
그땐 그곳에 너를 버리고 오고 싶어.

8

비교적 저렴한 비행편을 찾다 보니 극단적으로 이른 아침, 새벽이라는 말이 더 어울리는 시간대에 출발하게 됐다. 모두가 잠들어 있을 것 같은 시각에 눈을 떴다. 파리에 가 있는 동안 낯선 데에 차를 두기도 싫고 공항까지 가는 동안만이라도 조금 더 자고 싶어서 택시를 불렀다. 창밖은 아직 남색에 가까운 무시무시한 파란색이었다.

택시 창문에 아주 얇은 실금이 가듯 빗줄기가 스치기 시작했다. 비 예보는 없었는데. 핸드폰을 다시 열어봐도 비 예보는 없다고 나와 있는데. 아마 소나기인가 보다. 그렇게 생각하며 다시 눈을 감았다. 아주 약한 비였으므로 빗소리는 들리지 않았는데, 아주 잠깐씩 잠기운이 날아갈 때마다 빗소리가 들리는 것 같기도 했다.

공항에 내렸을 때, 빗줄기는 약해지긴커녕 좀 더 세력을 키우고 있었다. 공항에서는 늘 알 수 없는 떨림이 흘렀다. 꼭 금방이라도 무슨 일이 일어날 것 같은 떨림. 출국장의 이별로부터, 입국장의 반가움으로부터, 출국장의 이제 떠난다는 설렘으로부터, 입국장의 차가운 현실에 다시 부딪쳐야 한다는 낙담으로부터 뒤죽박죽으로 뒤섞여 만들어진 것 같은 떨림.

하지만 그것들은 내 떨림이 아니었다. 이별할 사람이 없었고 반가워할 사람도 없었다. 일로 떠나는 것이었으므로 별다른 설렘도 이미 현실에 있었으니 새로운 현실에 부딪칠 필요도 없었다. 무슨 일이 일어나기는 무슨. 나는 그저 졸린 눈을 비비며 미리미리 수속을 마치고, 게이트 앞의 카페에서 좋아하지도 않는 도넛을 억지로 입에 욱여넣으며 시간이 흘러가기를 묵묵히 기다렸다. 여전히 이른 시각이었으므로 게이트에는 사람이 많지 않았다. 본국인 프랑스로 돌아가는 것으로 보이는 중년 남성이 벤치에 앉아 신문을 보고 있었고 배낭여행을 떠나는 대학생으로 보이는 남자 둘이서 거의 자기 몸통만 한 배낭을 메고 이것저것을 분주하게 검색하고 있었다. 그러다 본의 아니게 그들의 대화를 엿들었다.

“근데 비 오면 비행기 못 뜨는 거 아니야?”

“촌놈이냐? 이 정도 비로는 무조건 떠. 앞도 안 보이는 폭우여야 안 뜬다.”

“만약에 비가 갑자기 더 세지면? 그래서 만약에 비행기 못 뜨면? 우리 어떡해?”

“하… 넌 하여튼 진짜.”

오. 그렇구나. 나도 몰랐는데. 이 정도 비에는 끄떡없구나. 하긴 비행기가 얼마나 크고 튼튼하겠어.

다행히도, 정말 그 남자의 말처럼 비행기는 연착되거나 취소되는 일이 없이 정시에 이륙했다. 이륙하는 순간에도 창문에는 빗줄기가 맺히고 있었지만, 어느 정도 고도가 높아지니 더는 빗방울은 맺히지 않았다. 아무래도 비를 뿌리는 구름보다 높은 곳으로 올라온 모양이었다.

만약에 비가 더 많이 왔다면 어떻게 됐을까? 그래서 정말로 비행이 취소됐다면? 그렇게 일정이 완전히 어그러졌거나 해서 아예 파리에 못 가게 됐다면? 그러면 나는 이미 한번 나를 좌절시켰던 파리라는 도시를 이제는 평생에 가깝도록 증오하기 시작했을까?

'우리가 농담처럼 마주치면 어떡할래?'

언젠가 유정이 그런 질문을 던져온 적이 있었다. 그녀는 그런 '만약에 놀이'를 좋아했었다. 만약에 내가 다른 남자랑 있는 걸 보면 어떡할 거야? 만약에 내가 죽을병에 걸리면 어떡할 거야? 만약에 내가 냉장고 속의 두부가 된다면 어떡할 거야? 만약에 내가 널 못 알아보면? 만약 우리가 다음 생에 멸치와 갈매기로 태어나서 다시 만나게 된다면?

"그 남자랑 뭘 하고 있는 걸 내가 보는 건데?"

"내가 그 남자랑 키스를 하고 있어."

"뭘 어떡해. 통째로 집어 들어서 강 아래로 던져 버려야지."

"그 남자가 너보다 키가 크거나 힘이 세면?"

"그럼… 내가 강 아래로 뛰어들어버릴 거야."

만약 네가 죽는 것이 확정된 병에 걸리면 나는 너보다 하루 먼저 떠나서 함께 있을 곳을 찾고 있을 거야. 만약 네가 냉장고 속의 두부가 된다면 나는 인류 최초로 두부를 전문적으로 보살피는 사람이 될 거야. 만약 네가 날 못 알아본다면 나는 나도 너를 모르는 척하면서 짝사랑에 빠진 사람처럼 매일 속으로 설레고 애틋해 할 거야. 네가 멸치로 다시 태어나고 내가 갈매기로 다시 태어나면 나는 갈매기라는 종 중에서 최초로 자발적으로 굶어 죽는 개체가 될 거야.

"우리가 농담처럼 마주치면 어떡할래?"

그 질문이 내게 날아왔을 때, 나는 유정의 침대에 누워 책을 읽고 있었고 유정은 책상 앞에 앉아 중국어를 공부하고 있었다.

“갑자기 그게 무슨 소리야? 우리는 이미 매일 마주치고 있는데.”

“헤어졌다고 가정하고 말이야. 만약 우리가 헤어졌는데 어디에서 진짜 드라마처럼 마주치면 어떡할 거냐고.”

“어디서 만나는데?”

“음, 나는 결국 승무원이 됐고, 너는 승객으로 그 비행기에 탔는데 마주치게 되는 거야.”

“이건 생각해 본 적도 없는 상황이라 조금 어렵다.”

“빨리 대답 안 하면 나 공부 안 해. 대답이 만족스럽지 않아도 안 해.”

“세상에서 제일 서러운 사람처럼 펑펑 울 거야. 비행기가 통째로 소란스러워져서 이륙도 못 할 만큼. 아마 나는 무슨무슨 항공법에 걸려서 연행되고 말걸? 너는 내가 걱정돼서 승무원 일도 다 때려치우고 나를 따라 거기서 내리고."

"그게 뭐야. 하나도 재미없어."

유정은 킥킥 웃으며 그렇게 말하곤, 다시 고개를 돌려 중국어 책을 내려다보았다.

비행기가 이륙한 지 얼마 지나지도 않은 것 같은데 어느덧 아침 기내식을 나눠주는 모양이었다. 통로 저 앞쪽부터 승무원들이 부지런히 승객들에게 무언가를 묻고 나눠주고 있었다. 도넛을 그렇게 돼지같이 먹어놓곤 아침밥 생각을 하니 다시 배가 고파오는 것 같았다. 아침 메뉴는 뭘까. 나는 고기반찬이 하나라도 있다면 좋겠다고 생각했다.

그리고 눈을 가늘게 뜨고 한 번 더 자세히 본 그곳에, 누군가에게 분주히 무언가를 묻고 웃어 보이는 당신이 있었다.

꿈에서도 그려왔던 순간을 마주했는데
고장 난 장난감처럼 굳어버리는 사람이 있지

그때가 오면 이렇게 말할 거야
그 사람을 다시 만나면 절대 놓지 않을 거야
입이 아프도록 떠들어놓고는 말이야

누군가는 그를 보며 이렇게 말할지 몰라
정말 꿈에서도 그려왔던 거라면
굳어버리기보단 수십 번 수백 번 연습한 그대로
마치 짜인 각본을 읽듯 움직여야 하는 거 아니냐고

그런데 어쩌면 그거
정말로 꿈에서만 그려왔기 때문에 그래
꿈이 아니고선 절대 일어날 수 없는 일이라고
매일 희망하고 포기하기만을 반복해 와서 그래

9

'파리에 가게 된다면, 그땐 그곳에 너를 버리고 오고 싶어'라는 글을 쓰면서, 그리고 정말로 파리로 향하게 되면서, 정말로 그녀에 관한 마음들을 버리고 올 수도 있지 않을까 기대했었다. 하지만 그 호기스러운 다짐과는 반대로 나는 완전히 그 여자를 생각하느라 허우적댈 수밖엔 없었다. 우습지. 아직 파리 땅에 발조차 딛지 못했는데 벌써부터.

다행히 저 앞에서부터 차례대로 기내식을 나눠주던 유정은 어느 정도까지만 기내식을 나눠줬고, 나와 내 주변 사람들의 기내식은 뒤에서부터 서빙되기 시작했다. 그렇게 다른 승무원으로부터 기내식을 받았지만, 그러므로 최악의 마주침은 피했지만, 나는 열 시간이 넘는 시간을 비행하는 내내 극도의 긴장감에 휩싸여 있어야 했다. 원래대로라면 챙겨 온 책도 좀 읽고 영화도 좀 보면서 가고 싶었는데, 혹시 오며 가며 그녀가 나를 볼까 싶어서 담요만 거의 코까지 다 덮는 느낌으로 덮고 있어야만 했다. 괴로웠다. 잠을 자고 싶은 것도 아니었고 추운 것도 아니었으니 땀이 나는 것은 당연했고.

그녀가 정말로 내 주변에 가까워진 적이 있었는지, 그래서 내 쪽으로 단 한 번이라도 눈길을 줬었는지도 분명치 않았다. 그저 나는 담요로 얼굴 대부분을 덮은 채로, 창문 쪽으로 돌아눕다시피 하며 눈에 띄지 않으려 처절하게 애썼다. 하지만 지금에서야 생각해 보건대, 열 시간이 넘는 시간 동안 단 한 번도 다른 무엇도 하지 않고 누워 있기만 하는 사람이 어쩌면 더 수상해 보이고 눈에 띄지 않았을까 싶기도 하고….

시간이 얼마나 흘렀을까. 어느덧 비행기는 샤를드골 공항의 활주로에 접어들었고, 나는 다행히 가방에 선글라스를 챙겨두었고 마침 후드티까지 입고 있었으므로 얼굴을 최대한 가린 채로 비행기에서 내릴 수 있었다. 그 와중에 '누가 보면 극비리에 프랑스로 떠난 연예인으로 보는 거 아니야?'라는 터무니도 없고 쓸데도 없는 망상을 하며 살짝 웃었지만, 그 역시 무사히 그녀와 마주치지 않고 도착했다는 안도감에서 나온 것이었겠지.

여행은 아니었지만, 해외로 나온 것은 오랜만이었고 또 유럽은 처음이었기에 얼마간 공항을 서성였다. 어차피 첫날에는 날씨와 컨디션이 최상일 경우에만 박물관 한 곳을 가려고 계획을 해두었기에 조금 느리게 움직여도 상관없었다. 무엇보다도 비행하는 내내 편치 않은 상태로 있었기에 좀 제대로 된 휴식이 절실했다.

가장 먼저는 뭘 좀 먹어야 했다. 비행기에서는 긴장한 나머지 기내식을 거의 먹지 못했기 때문이었다. 주변을 둘러보니 스푼과 나이프가 그려져 있는 표지판이 보였다. 아마 저쪽으로 가면 식당가가 있나 보군, 그렇게 스푼과 나이프의 그림만을 따라 한참을 걷고 있는데.

"맞지?"

남의 나라에 도착한 지 얼마 되지도 않았건만, 그래도 그새 한국어가 낯설어지기는 낯설어졌었는지. 나는 무방비 상태로 고개를 돌리고 말았는데. 거기에는 그녀가 활짝 웃으며 나를 보고 서 있었다. 옆에 캐리어가 들려 있는 걸 보아 오늘의 비행을 마쳤다든가, 하여튼 당분간 더는 일을 하지 않을 것 같은 모양새였다. 난 잘 몰랐으니까. 그 사람이 승무원이 되기 전에만 함께했을 뿐, 승무원이 된 그 사람의 일정이랄지 승무원의 생태계 같은 건 알 턱이 없었으니까.

"어떻게 여기서 만나?"

그러게, 나는 최대한 태연한 표정을 지으며 웃어 보였다. 조금 바쁜 척을 하고 싶었던 건지 손목시계도 차고 있지 않았으면서 왼쪽 손목을 내려다보기도 했다(제발…).

"진짜 오랜만이다. 응. 유니폼 잘 어울리네."

"아 나 유니폼 입은 거 처음 본 건가?"

"그렇지. 아무래도."

"그렇겠네. 근데 난 사실 네가 그렇게 오랜만은 아닌데?"

"오랜만이 아니야? 우리 못해도 삼 년은 못 보지 않았나?"

내가 물으니 유정은 뭔가 굉장히 신나서 무슨 이야기를 하려 했는데, 그러다가 말고 뒤를 돌아보고는 혀를 쯧쯧 차기 시작했다. 돌아본 곳에는 동기 또는 선배로 보이는 사람들이 유정을 기다리고 있었다.

"내일 안 바쁘면 내일 이야기할까? 지금은 가봐야 할 것 같아. 선배도 있어서. 대신 이거 갖고 있어. 연락해."

그녀는 그렇게 말하며 어떤 종이 한 장을 건네곤, 내가 아는 사람 중 가장 가볍고 빠른 발걸음으로 뒤돌아 어딘가를 향해 떠나갔다. 나는 그 종이를 가만히 들여다보았다. 사진이었다. 그리고 그 사진 속 공간은 내가 너무나도 잘 아는 공간이었다. 강남 교보문고. 그리고 그 서점 안 저 멀리에는, 의자에 앉아 누군가에게 사인을 해주고 있는 내가 콩알처럼 작게 찍혀 있었다. 누군가가 나를 멀찌감치에서 보고 사진을 찍어 인화해 둔 모양이었다.

뭘까 이건?

나는 그 어떤 영화를 봤을 때보다도 미스테리해진 기분으로 사진을 계속 내려다보았다. 이건 유정이가 직접 찍은 사진일까? 도대체 왜? 찍은 건 그렇다 쳐도 왜 인화해서 갖고 있기까지 했던 걸까?

하긴, 원래 세상은 사람에 따라 미스테리로 가득한 곳. 사실 입국장을 지나서, 내가 혹시라도 너와 인사를 나눌 수 있을까 해서. 그 공항을 거의 한 시간을 서성대고 있었던 거라고 솔직하게 말하면. 너 역시도 나를 징그러워할지 모를 일이었다. 또 모르긴 몰라도 그 엄청나게 희박한 확률을 뚫고 너와 내가 파리로 가는 비행기에서 마주친 순간부터 내가 운명을 느꼈다는 것. 이 사람이다. 이 사람과 나는 운명으로 이어져 있다. 앞으로 무슨 일이 있든 절대로 너를 놓치지 않을 것이다. 라고 작게 다짐했다는 것을 안다면, 더없이 나를 이상하게 생각할지 모를 일이었다.

보고 싶었어

가끔은 이 한마디가
너무도 자주 다른 이상한 말과
행동이 되어 튀어나가서 큰일입니다

part

02

몇 년이나 사랑받을 준비를 하고 있었던 사람처럼

10

너에게.

나는 몇 시간 전에 너와 마주치고, 태어나서 처음 와보는 도시의 낯선 방에서 땀을 뻘뻘 흘리고 있어. 하루에 가깝도록 긴장하고 있느라 땀을 한참 흘리고 또 아무것도 먹지 못한 나머지 몸살에 걸렸나 봐. 그래서 내내 땀이나 흘리고 있지. 안 마주쳤다면 좋을 텐데 안 마주쳤다면 좋았을 텐데 하면서.

하지만 한편으론, 하지 못한 말이 있어 동시에 아쉬워하고 있기도 하는 거야.

넌 '나는 사실 네가 그렇게 오랜만은 아니다'라고 말했어. 마치 우리가 헤어진 이후로 너만 나를 한 번 더 봤다는 듯이. 나는 별다른 말을 안 했지만, 그리고 그저 놀라는 척만 했지만, 사실 나도 이전에 한 번 너를 본 적이 있었거든. 그래서 뒤늦게 아쉬워하지. 나도 말할걸. 하고 말이야.

늘 그랬지. 너는 늘 그랬지. 내가 말하지 못하고 있는 걸 아무렇지도 않게 입 밖으로 꺼내는 놀라움을 갖고 있는 사람이었지.

언젠가의 토요일이었고 낮 세 시쯤이었어. 술을 마시게 될지도 몰라서 차를 두고 나온 날이었어. 해야 할 일을 마치고 약속이 있어 전철을 타러 가는 중이었지. 2호선으로 갈아타야 하는 경로였기에 합정역에서 잠깐 내렸을 때였어. 이쪽은 사람이 되게 많네, 저쪽 칸에서 타야겠다 하고, 나름대로 타기 편해 보이는 곳을 찾고 있었지.

그리고 마침 조금 한산한 곳, 어떤 사람 한 명만 덩그러니 서 있는 스크린도어를 찾은 거야. 그 스크린도어가 칠 다시 삼의 스크린도어였는지, 이 다시 일이었는지는 잘 기억나지 않아. 그냥 다른 곳과 다르게 사람이 딱 한 명만 서 있다는 이유로 걸어간 거였으니까. 나는 그 사람 옆에 나란히 서서 전철을 기다렸어. 그 사람은 도어의 오른쪽, 나는 왼쪽 편에서 있었어.

슬쩍 보기에 꽤 깔끔하게 옷을 입는 사람 같았어. 머리는 긴 편이었는데 한 갈래로 내려 묶고, 흰색 캔버스화를 신고 그 위로는 검은색 바지와 하늘색 블라우스를 입고 있었거든. 이 옷차림, 왠지 모르게 좀 친숙하네, 그렇게 생각했던 것 같아. 그래도 알지도 못하는 누군가의 옷차림을 오래 바라보는 건 예의가 아닌 것 같아서 이내 스크린도어에 비친 내 모습만 보고 있었지.

나는 베이지색 치노팬츠를 입고 몇 년째 버리지 않고 있는 오래된 운동화를 신고 있었어. 위로는 그냥 편해서 그 무렵 매일같이 입었던 커다란 자켓을 아무렇게나 걸치고 있었어. 옆 사람이나 나나, 편하게 입었다는 것 하나는 비슷하구나, 그런 생각을 잠깐 또 하기도 했어.

이윽고 승강장으로 차는 들어왔고 스크린도어가 커다란 소리를 내면서 열렸어. 그리고 나는 옆에서 함께 차에 몸을 싣는 사람을 왜 한 번 더 쳐다봤던 걸까. 왜 굳이 턱을 들어서, 네 얼굴을 봤던 걸까.

처음엔 이 사람이 너일 거라고 생각하지 못했어. 세상의 모든 사람이 마스크를 쓰고 다니게 되면서, 꽤 많은 사람들의 눈매로부터 너를 보곤 했었거든. 그래, 이번에도 마찬가지겠구나, 싶었어. 그런데 그땐 조금 다르더군. 그 눈을 보자마자 곧바로 심장이 내려앉더군. 그리곤 아, 너구나, 판단하기도 전에 눈이랑 코부터 매워지더군.

그런데 너는 전철에 오르자마자 내가 있는 쪽의 반대로, 멀어지고 멀어져서 옆 칸으로, 걸어서 가버리는 거야. 아마 앉을 자리를 찾는 모양이었어. 그래. 그 사람, 정말 너였던 거야. 나는 그 순간 그걸 신고 있다는 사실이 왜 그렇게도 창피했던 걸까. 너도 너무도 잘 알고 있는 운동화를. 신은 지 몇 년, 헤어진 지도 한참이 훌쩍 넘었는데 그걸 신고 있다는 사실이.

언젠가 우연으로라도 널 다시 만나게 된다면 하고 싶은 말이 참 많았어. 그런데 그 말이 잘 나오지 않더라. 그게 어떤 말이었는지도 순간 기억나지 않았어. 늘 그랬잖아. 나는 그때그때 그 상황에 필요한 말을 할 줄 아는 사람이 아니었잖아. 그때그때 사랑한다고 말하고, 미안하다고, 고맙다고도 말할 줄 아는 사람이 아니었잖아.

도대체 무슨 말을 하고 싶었던 걸까. 몇 년이 지나도 나아지지를 않아. 이해도 더디고 솔직해지는 건 더더욱 어려워하니까.

나는 아직도 심심할 때면 유튜브를 봐. 질리지도 않는지 마음에 한 번 마음에 든 건 두 번이고 세 번이고 봐. 영상이 두 번 세 번 반복되는 걸 볼 때마다 배우게 되는 것, 느끼게 되는 게 있어. 그때그때 더 잘 챙겨줬으면 좋았을걸. 내가 조금 더 시야가 넓은 사람이라면 좋았을걸. 영상이 두 번 세 번 반복되는 것처럼, 내게도 두 번 무언가가 반복되지 않으리라는 건 알고 있었어. 그러니까 조금 더 잘할걸. 그런 생각을 하게 되는 거야. 다시 돌아오지 않는 순간인 걸 알았다면, 대신 문을 열어주고 신발을 꺼내 챙겨줄걸 그랬다고. 신기 좋게 신발 코를 저쪽을 보게 돌려줄걸 그랬다고.

내가 다시 네가 사는 동네에 가볼 일이 있을까. 다시 새집 냄새 가득한 그 오피스텔에 가볼 날이 있을까. 처음 만났던 역 앞에 가볼 일은. 도시를 가로지르는 버스를 한 시간 넘게 타고, 다시 타본 적도 없었던 노선의 전철을 타고 오래오래 가볼 일이 있을까. 아마 그럴 순 없을 거야. 그건 한 사람이 한 사람을 정말로 좋아해야만 할 수 있었던 머묾과 움직임들이었으니까. 가는 내내 두근거리고 행복했으니까. 정말, 다시는 그런 길을 가지는 못하겠지.

잠실의 호수와 그 주변의 어느 다리 위, 삼성동 쇼핑몰, 마포구의 사람도 없고 맛도 없었던 고깃집. 그때 우리가 거기서 뭘 했는지 하나도 기억이 나질 않아. 마치 이번 생이 아닌 전생의 기억이라도 되었던 것처럼. 너는 아직도 그렇게나 젊은데 말이야. 짧게 마주쳤을 뿐이지만 그렇게나 빛나고 있었는데 말이야. 아마, 그때 우리가 거기에서 뭘 했는지 하나도 기억하지 못하겠어, 그렇게 말하면 너는 조금 서운해할까. 나는 여전히 다 기억하는데 넌 왜 까먹었느냐고 나를 나무라진 않을까. 그건 그것대로 꽤 재밌을 것 같아.

이제는 그렇게 생각하기로 했어. 기억나지 않아도 괜찮아. 그때 우리가 함께했던 고깃집에서, 석촌호수에서, 삼성동에서 무엇을 했는지, 하나도 기억해 내지 못한다고 해도 괜찮다고. 다른 기억은 필요없다고 생각할 수 있게 됐거든.

그때 거기에, 우리가 있었어.
이거면 충분해.

그때 그 합정역.
우리 다시 만난 그날에도 거기에 우리가 있었어.
삼십 초 남짓한 시간이었지만,
우리가 한때 매일같이 그랬듯 나란히 서 있었어.

내일 만나.
그땐 내가 너를 더 반가워하기를 바라면서.

11

새벽 두 시, 관광객보단 현지인의 비율이 더 높은 파리 13구의 한 작은 호텔에서, 나는 여전히 엉망진창이 되어 있었다. 창문을 활짝 열어두었는데도 한 번 찾아온 몸살의 답답한 기운은 좀처럼 날아가지 않았다. 침대에 제대로 눕지도 못하고 그렇다고 책상에 앉아 뭘 쓰지도 못하고, 술을 마시지도 야식을 먹지도 않고 그 좁은 객실을 빙빙 돌아다니고만 있었다.

해가 뉘엿뉘엿 질 무렵, 그녀는 내게 마레 지구의 어느 카페에서 열두 시에 만나자는 메시지를 보내왔다. 마레 지구엔 사람이 늘 많아서 네가 힘들어할 수도 있겠지만, 그래도 믿고 와보라고. 분위기가 정말 좋은 곳이라고. 나는 짐짓 태연한 말투로, 알겠다고,

내일 보자고 짧게 답장했다. 마레 지구가 어딘지도 모르는 주제에.

찌질한 이야기지만, 사실 나는 그녀와 내가 헤어져 있었던 5년, 그간의 이야기를 잘 알고 있었다.

지금도 함께인지는 잘 모르겠지만, 그녀에게는 나와 함께했던 것보다도 더 오랜 기간을 함께한 다른 남자가 있었다. 그리고 내 기억이 맞다면, 그 남자는 나와도 안면이 있는 사람이었다. 내가 그녀와 함께였을 때, 아르바이트를 함께했던 동료들이라며 보여준 사진 속 인물 중 한 명이었다. 나와 헤어진 이후로 연인 관계로 발전된 모양이었다.

그 사람과 그녀는 3년에 가깝도록 순조롭게 교제하는 것 같았다. 나는 그녀의 프로필 사진을 종종 염탐하면서, 음침하게도 '아직도 그 사람을 만나는가'를 확인하곤 했었다. 그리고 그녀가 그 사람과 함께하는 날이 길어질수록 내 안에는 이상한 불안감과 질투심이 일렁이기 시작했다. 나보다도 더 오랫동안 함께하고 있다는 건, 어쩌면 그 사람과의 시간들로 나와의 시간들을 말끔히 지워냈다는 뜻처럼 다가오기도 했으니까. 내가 그녀에게 주지 못했던 안정감을 그녀는 기어코 내가 아닌 다른 사람으로부터 찾아냈구나 하는 패배감과 무력감이 치통처럼 시시때때로 나를 괴롭혔다.

물론 그녀가 내가 아닌 새로운 사람을 만나게 된 것처럼, 나에게도 그녀에게 하지 못했던, 어쩌면 앞으로도 하지 못할 새로운 이야기가 있었다. 어떤 여자에 관한 이야기였다.

그 여자에게는 그 밑바닥을 가늠할 수도 없는 깊고 짙은 우울이 있었다. 그 우울은 나와 처음 만났던 순간부터 그녀가 지니고 있었던, 가정으로부터 비롯된 만성적인 우울이었다. 그녀의 모친은 어머니로서 응당 자녀에게 베풀어야 했을 애정을 그녀에게 충분히 주지 못했으며, 이혼 후 양부로 들어온 부친은 그녀에게 아버지로서는 절대 저질러서는 안 되었을 파렴치한 행위를 그녀에게 저지르곤 했었다.

모친과 부친, 두 사람으로부터 도망치듯 뛰쳐나온 공터에서, 그 사람은 내게 전화를 걸곤 했었다. 그리고 그때마다 나는 그녀에게 실질적이고도 적극적인 도움을 주지 못해 늘 괴로워했었다. '그러지 말고 나와서 나랑 둘이 살자'라고 말할 수 있었다면야 물론 좋았겠지만, 내 사정은 여전히 그렇게까지 괜찮지 않았으며 가족의 문제는 가족의 차원에서 해결해야 한다는 조심스러움과 주저함이 늘 있었기 때문에.

결국 물리적인 거리와 어쩔 수 없었던 아픔과 어려움, 주저함과 같은 복합적인 이유들로 우리는 헤어져야 했다. 그리고 내가 그녀의 부고를 들은 것은 그로부터 몇 달 뒤인 어느 겨울날이었다.

스스로 끊은 목숨이라고 했다. 별다르게 남긴 말도 없었다고 했다. 나는 그 이유를 알 것 같았지만, 그 상황에서도 마찬가지로 나서지는 못했다. 그저 나 때문이라고, 내가 그 사람에게 한 번이라도 무언가를 물어봤거나 한마디라도 다른 말을 건넸거나 한 번이라도 적극적으로 움직였다면 달라졌을 거라고. 그러니까 결국 그 사람이 세상을 떠난 것은 다 내가 못났기 때문이라고만 생각할 뿐이었다. 한동안은 잠자리에 들 때마다 그 사람이 울거나 웃는 꿈을 꾸었으므로 그저 텅 빈 표정으로만 꾸역꾸역 살아가야만 했다.

나보다도 오래 함께한 남자가 있는 그 사람과 새로이 만난 사람을 죽음으로 떠나보낸 나. 그로부터 내가 느꼈고 그녀가 느꼈을 불안과 안정감 사이의 그 격차. 그리고 그 격차 위에 한 겹 더 덧씌워진 세월의 격차. 우리는 내일 그것들을 서로에게 어디까지 보여줄 수 있을까. 우리 각각은 그 격차들을 어떤 시선으로 바라보게 될까.

밤이 유난히 길었다. 탓할 것은 시차뿐이었다.

이렇게나 멀어져 버렸잖아요
우리

12

아침이 밝았고. 나는 아침부터 속도 없이 들떠 있었다. 들뜨는 마음을 주체할 수가 없어 이른 아침부터 운동복을 챙겨입고는 호텔 주변을 달렸다. 고소한 냄새가 풍겨 오는 빵집 앞에서 멈춰 바게트를 사서 들어오기까지 했다. 본토의 그것이었기 때문인지 갓 만들어서였는지, 아니면 다만 전날 거의 아무것도 먹은 것이 없어서였는지 바게트의 맛은 근사했다.

메트로를 타고 약속 장소까지 가는 20분 남짓한 시간 동안에는, 과연 오늘 무슨 대화가 오갈지를 내내 생각했다. 역 바로 앞으로 보이는 센 강, 그리고 그 주변에 작품처럼 있는 건물들, 사람들이 그렇게들 아름답다고 칭송했던 것들을 보면서도 그 생각에

갇혀 그 정경을 아름답다 여기기 어려웠다.

하지만 또 한편으로는 마음이 들뜨기만 하진 않았던 게, 유정의 그 '오해하지 말고 들어'라는 말 때문이었다. 점심이나 먹자고. 아니면 커피나 마시자고 말하고는, 그녀는 내게 오해하지 말고 들으라고 말했다.

도대체 뭘 오해하지 말라는 거지?

'밥 또는 커피나 함께하자'는 말이 '너를 절대로 가볍게 생각해서가 아니라는' 뜻으로 오해하지 말라고 한 걸까. 아니면 파리에서의 그 만남을 '절대로 우리의 새로운 시작으로 여기지 말라'는 뜻으로 그 말을 한 걸까. 그렇게 한참을 갸우뚱거리다가는 결국 화장실에 가고 싶은 기분이 되어 주변을 둘러봐야만 했다. 서울처럼 아무 곳에나 화장실이 있는 도시 같지는 않아서, 그냥 잠깐 마음이 심란해서 그런 거였겠거니 하며 애써 그 감각을 무시했다.

그녀와 만나서는, 생각했던 것보다는 아주 순조롭게 이런저런 대화를 했다. 그동안 뭘 하고 지냈는지에 관한 이야기. 지금은 어디에서 지내는지에 관한 이야기. 그때와 지금의 우리 나이에 관한 이야기. 요즘 관심사에 관한 이야기 같은 것들. 그러다 나는 문득 궁금해져서 공항에서 유정이 내게 건넨 사진에 관해 물었다.

"사진은 어떻게 된 거야?"

"아, 그거. 지난겨울 강남 교보문고에서 찍었어."

이야기는 이랬다. 작년 겨울에는 내가 한참 신간을 내고 그렇게 나온 신간을 홍보하는 데에 혈안이 되어 있었을 때였다. 마침 어느 토요일에 우리나라에서 가장 큰 서점 중 하나인 교보문고 강남점에서 어떻게 사인회 행사를 할 기회가 생겼는데, 그때 멀찌감치에서 나를 봤다는 거다.

"그랬었어? 올 거면 미리 말을 하지."

"아니, 너 보러 간 건 아니었어."

민망해지는군. 그래 우리가 무슨 사이라고 나를

보러 네가 오겠니.

"그날따라 시집이 사고 싶어져서 서점에 간 거였어. 알다시피 강남은 내가 사는 곳도 좋아하는 곳도 아니었는데 마침 강남에서 약속이 있었고 생각난 김에 책이나 사 가자 해서 들렀었지. 그런데 방송이 나오는 거야. 십 분 후에 지하 일 층 중앙통로에서 네 사인회가 있다고. 진짜 신기하지? 잘못 들은 줄 알았다니까."

"그래도 인사 한 번만 해주지…."

그러니 그녀가 하는 말.

"내 얼굴 보면 그때부터 네가 고장 날까 봐. 그래서 그냥 갔지."

그랬겠구나. 알긴 아는구나. 눈치도 없이 얼굴이 다시 화끈해져서 커피잔을 매만졌다. 그러니 유정은 편하게 뒤로 눕히다시피 했던 상체를 나의 앞으로 가져오며 말을 이어갔다. 나는 선뜻 가까워진 그녀를 보며, 실제론 그런 적도 없었겠지만, 언젠가 전에도 이곳에서 우리가 이렇게 서로를 마주 보고 있었던 것 같다는 착각을 잠깐 했다.

"맞아. 그리고 사실... 바로 며칠 전에 네가 나오는 꿈을 꿨어."

"그랬어? 너무 고마운데?"

"무슨 꿈인지 듣고 나서도 그럴까?"

"무슨 꿈이었는데? 거기서 내가 죽기라도 했나?"

그녀는 내가 농담조로 던진 질문에 살짝 놀라며 고개를 끄덕였다.

"내가 정말로 죽었어?"

"응, 아주 인적 드문 곳에서 네가 사고를 당했는데, 그 누구도 너를 돕지 않아서 고독하게 죽어 있는 걸 내가 어쩌다 발견한 거야."

"그래서? 어떻게 했어? 잘 묻어줬어?"

"그냥 펑펑 울었지 뭐."

펑펑 울었지 뭐. 그 한마디가 그때 나는 왜 아직 나'도' 너를 사랑하고 있다는 말로 들렸던 걸까. 나는 조금 묘한 기분이 됐다. 웃는 표정이었는지 놀라는 표정을 지었었는지는 기억할 수 없다.

"사실 나도 최근에 네 꿈을 꿨어."

"진짜? 그 꿈은 무슨 꿈이었는데?"

나는 그 꿈 안에서는 네가 아니라 내가 울고 있었고, 너에게 미안하다고 말하고 있었고, 너는 나에게 뭐가 괜찮은 건지는 몰라도 아무튼 하염없이 괜찮다는 말만을 되풀이했었다고, 그러므로 기분만 내내 이상했던 꿈이라고 말했다. 사실 최근이 아니라 종종, 아니 어쩌면 자주 네 꿈을 꾸는 편인데. 그걸 너는 모르지. 유정은 오 년 전과 다름없는 해사한 웃음을 보이며 말했다. 네가 드디어 네 잘못을 뉘우치나 보다. 나는 이상해진 마음을 감추고 싶어 주머니에 있던 핸드폰을 꺼내 보았다. 시간이 벌써 두 시간이나 흘러 있었다.

“이제 슬슬 가봐야 하나?”

“응, 미안.”

정말이었다. 오늘은 바쁜 척이 아니라 정말로 바쁜 게 맞았다. 못해도 박물관과 미술관을 세 군데는 들러야 했으니 슬슬 부지런히 움직여야 했다. 유정이 언제까지 파리에 있느냐고 물었다. 나는 ‘그걸 굳이 대답해야 할까’라고 다소간 쌀쌀맞게 대답하려다가, 글쎄, 나는 좀 봐야 할 것 같네. 애초에 편도로 끊어서 온 거라. 라고 거짓말했다. 알아본 결과 레이오버는 길어봤자 2박이라고 했으니, 적어도 그녀가 나보다 빨리 서울로 돌아간다는 것을 알고 있었다. 그러므로 돌아갈 때는 다행히도 나 혼자 갈 수 있음을 알았고.

“아쉽다. 그러면 서울에서 다시 볼 수 있으면 봐.”

나는 그러자고 답하고, 마신 커피의 값을 치르고 먼저 그곳을 나섰다. 우리가 오래전에 언제나 그랬듯이, 헤어지기 전에는 그녀를 무심결에 껴안을 뻔했다는 것에 새삼스레 놀라면서.

13

오늘 가기로 계획한 곳은 파리에 있는 수많은 박물관 중에서도 다른 곳에 비해 규모가 다소 작거나 테마가 독특한 세 곳, 마술 박물관과 유럽 사진 박물관, 놀이공원 박물관이었다.

마술 박물관은 18세기부터 오늘날까지의 마술 공연과 관련된 다양한 물건들과 자료를 소장하고 있는 곳이었다. 화려하면서도 정신없는 입구를 지나 계단으로 내려가니 이렇고 저런 마술에 관한 전시가 펼쳐지고 있었다. 마술용 의상과 거울, 지팡이와 상자, 마네킹과 카드 같은 것들. 못해도 열 개가 넘는 나라에서 왔을 아이들이 자기들만의 언어로 연신 그것들을 신기해하고 있었다. 나는 관계자를 만나 사전에 장 선배의 고객사와 협의된 것들에 관해 이야기하고, 부지런히 사진을 찍고 메모를 이어갔다. 내가 봤을 땐 그다지 무서운 것도 없었는데, 종종 깜짝 놀라는 연인들의 소리 지르는 소리가 들려왔다.

유럽 사진 박물관은 마술 박물관보다는 훨씬 쾌적하고 전문적으로 다가왔다. 오직 사진 전시만을 위해 지어졌다는 점, 그리고 언젠가 이곳에서 코코 카피탄의 전시도 열렸었다는 점이 마음에 들었다. 나는 토니 레이 존스라는 작가의 〈스카버러 Scarborough〉라는 사진 앞에서 꽤 오랫동안 머물렀다. 휴양지의 바닷가 앞에서 무심하게 담배를 피우는 남자, 인상을 쓴 채로 카메라를 바라보는 중년 여성의 앞으로 젊은 연인이 서 있는 사진이었다. 남자는 여자를 뒤에서 껴안은 채로 여자의 이마에 입을 맞추고 있었고 여자는 눈을 감은 채로 그 껴안음에 모든 것을 맡기고 있었다.

놀이공원 박물관에는 정말로 작은 놀이공원이 있었다. 19세기에 와인 저장고로 쓰이던 곳을 박물관으로 개조, 배우이자 고미술상이었던 장폴 파방의 수집품들을 기반해서 설립된 곳이었다. 아무래도 놀이공원 박물관이다 보니 실내는 여느 박물관들보다

붐비면서도 소란스러웠는데, 그중에서도 가장 붐비는 곳은 역시 회전목마였다. 1800년대쯤 만들어진 오래된 회전목마와 회전 자전거들이 곳곳에 있었다. 회전 자전거의 궤도 안에서 많은 사람이, 노인과 학생들이, 그리고 사랑하는 사람들이 하나하나 각각의 행성이 된 것처럼 무한에 가깝도록 빙빙 돌아가고 있었다.

빙빙 돌아가고 있었다. 나는 미쳐가고 있었다. 세상에 사랑이, 사랑하는 사람들이 가득했다. 일이 손에 잡히지 않았다. 사랑하는 사람들의 궤도에 나도 휘말려버려서 내내 어딘가를 기준으로 돌고만 있는 기분이었다.

오래전 미국의 어느 비누 회사는 어떤 문제에 직면해 있었다. 아주 가끔씩, 비누 상자에 비누가 담기지 않는 문제가 발생했던 것이다. 대부분의 공정이 자동으로 진행되는 공장에서 그러한 불량을 일일이 확인하는 데에는 무리가 있었다.

운영진은 울며 겨자 먹기로 막대한 비용을 들여 불량을 골라내는 엑스레이 투시기의 투입을 결정했다. 하지만 투시기의 가격이 비싼 데다가 기계가 공장에 설치되기까지는 꽤 오랜 시간이 걸려, 당장의 문제를 해결할 수가 없었다.

그렇게 하염없이 기계를 기다리고 있는데, 어느 시점부터 불량 수량이 현저히 감소하기 시작했다. 그리고 그 이유를 찾아봤더니, 한 청년이 돌아가는 벨트 앞에 선풍기를 강하게 틀어놓고 있었던 것이다. 비누가 담기지 않은 빈 상자는 선풍기 바람에 날아가고 있었고, 제대로 된 제품만 다음 라인으로 움직이고 있었다.

어쩌면 나는 옆에 누군가가 '있기는 있다'는 것을 핑계 삼아, 진심을 다해 사랑하는 사람들의 틈에 끼어 여태껏 궤도를 돌아왔는지도 모르겠다, 고 생각했다. 하지만 마음속에 진정한 사랑을 품지 못했던 나의 존재는 가볍기 그지없었고. 너라는 태양풍 또는 우주풍에 의해, 불량 상태의 비누 상자처럼 나가떨어져 버리고 만 거라고.

14

시작점으로 한번 돌아가 보자. 나는 왜 그 사람을 사랑하기 시작했을까? 그리고 그건 과연 언제부터였을까?

그날은 선명하게 기억할 수 있다. 그날은 몇 없는 동네 친구들을 만나 놀기로 한 날이었다. 해가 질 때쯤 만나 적당히 맥주 한두 잔씩을 했는데, 안주가 잘못됐던 건지 그냥 우리가 그날 모이면 안 됐었던 건지 다들 속이 더부룩해 카페에서 한숨을 돌리고 있을 때였다. 테이블 위에 올려둔 핸드폰이 떨며 화면을 밝혔다. 블로그 알림이었다. 이상하다. 마지막으로 블로그에 글을 올린 지도 한참 전인데. 또 내 블로그를 굳이 검색해서 찾아오는 사람도 없을 텐데. 광고인가?

누군가가 오래전에 쓴 게시물에 비밀 댓글을 남긴 것 같았다. 누가 남긴 댓글이며 어떤 내용이 적혀 있을지 궁금해서 얼른 잠금을 풀고 그것을 열어보니 거기엔 서로 초면인 관계에서는 좀처럼 주고받지 않는 말이 적혀 있었다.

-우리 결혼해요.

이게 무슨 소리야? 끽해야 일 분 전에 달린 댓글이었으므로, 나는 마찬가지로 비밀 댓글을 달았다.

-네?

-결혼하자고요, 제발요.

-누구신데요? 제가 왜요?

그러니 그녀는 그제야 자기를 소개하기 시작했다. 저는 몇 살이고요. 어디 학교에 다니고요…. 장난도 정도껏 쳐야지. 나는 '내가 몇 살인지 알아요? 대화는 여기서 마칠게요.'라고 답하고 그날 그 사람과의 대화를 마쳤었다.

그렇게 다시 시간이 얼마나 흘렀을까. 일이 년쯤 흘렀을까. 다시금 그 사람이 블로그에 댓글을 달았다. 내용은 그때와 같은 '결혼하자니까요'였다. 그때쯤엔 나도 도대체 이 사람이 왜 이러는지, 장난인지 진심인지가 궁금해져서 조금 더 흥미를 담아 답장을 하기 시작했다.

-제가 범죄자도 아니고 미성년자도 아니고. 이렇게 오랫동안 이렇게까지 하는데 이제 우리 둘이 밥 한 번쯤은 먹어도 된다고 생각해요.

그 당당함. 마치 만남을 나에게 맡겨두기라도 했다는 듯한 당당함에 나는 나도 모르게 쫄았었나 보다. 그때부터 우리는 하루에 한두 통씩이라도 메시지를 주고받기 시작했고, 그 사람은 그때마다 내게 내가 한동안 느끼지 못하고 있었던 간질거림을 주었다.

드디어 우리가 만나기로 한 날. 그날은 아침부터 모든 것을 태울 듯이 더운 날이었다. 나는 전철을 두 번을 갈아타면서 그 사람이 사는 동네로 향하고 있었다. 분명 열두 시에 만나자고 약속했는데, 그리고 출발할 땐 출발한다, 갈아탈 땐 갈아탄다고 문자했는데 그 어떤 대답도 돌아오지 않아 신경이 조금 곤두서 있었다.

약속 장소까지 다섯 역 정도 남았을 때쯤 메시지가 왔다. 어젯밤까지만 해도 괜찮았고 전에는 이런 적이 한 번도 없었는데 이상하게 머리가 핑핑 돈다고 했다. 눈앞도 깜깜해지는 것 같다고. 나는, 이제 다 왔는데 어떡하지, 라고 속으로 생각하면서 '그럼 다음에 볼래요?'라고 답장했다. 그러니 곧 그 사람은 '그래도 나가볼게요.'라고 말했다. 나는 그 대답이 반가우면서도 걱정스러웠다.

내린 곳은 태어나서 단 한 번도 와본 적 없는 곳이었다. 이런 동네도 있구나. 이렇게나 많은 사람이 이 낯선 동네에 살고 있구나. 그렇게 어딘지 모르게 외계인 같은 감상을 품으며 나는 출구 앞에 서 있었다. 지나가는 차로부터, 그리고 달궈질 대로 달궈진 보도블록으로부터 미친 듯이 열기가 뿜어져 나오고 있었다. 그렇게 몇 분을 기다렸을까, 생각지도 못한 방향으로부터, 작가님, 이라는 목소리가 들려왔다.

돌아본 그곳에는 네가 있었다.

사랑받으려고 있는 사람처럼.

몇 년이나 사랑받을 준비를 하고 있었던 사람처럼.

내 앞에 있는 것이 당연하다는 듯이 거기에 서 있었다.

15

우리는 나란히 걸었다. 엄밀히는 미세한 대각선을 이루며 걸었다. 그 사람이 아주 조금은 앞서서 걷고 나는 쫓아가는 모양새였다. 그럴 수밖에. 나는 그 도시에 관해 아는 게 아무것도 없었으니 그 사람이 이끄는 대로 따라갈 수밖에.

먹고 싶은 게 뭐예요. 나는 아무거나요. 어떡하지? 나도 아무거난데. 보통 친구들이랑 이 역 주변에 오면 먹는 게 뭔데요? 떡볶이요. 엄청 매운 떡볶이. 그럼 거기로 가요. 어린 애들 많을 텐데 괜찮아요? 유정 씨도 어리잖아요. 아니거든요…. 그렇게 도착한 떡볶이 가게는 정말 학생들로 가득했다. 스무 살이 넘은 사람은 나와 그 사람과 사장님 말고는 아무도 없었다. 그 아수라장 속에서, 심지어 그 아수

라장의 좁고도 낮은 복층 위에서 우리는 체하기 딱 좋은 속도로 떡볶이를 먹고 다시 거리로 나왔다. 모든 걸 태워버리려 들었던 하늘이 조금은 잠잠하고 차분해져 있었다.

이제는 어디로 가느냐고 물으니 그 사람은 모른다고 대답했다. 나는 나도 나지만 너도 너다, 생각하며 카페나 가자고 말했다. 그녀는 괜찮은 카페를 안다고, 자기도 몇 번 가봤다고 말하며 다시 나를 이끌었고, 우리는 그곳에 도착하고 나서야 좀 편하게 앉아서 서로를 마주 볼 수 있었다. 눈을 제대로 마주친 건 거의 처음인 것 같았다. 그곳에서 그 사람은 이름 모를 초콜릿 맛 음료를, 나는 병맥주를 주문했다.

그녀는 나보다 훨씬 어렸지만 나보다 오히려 몇 배는 당당한 사람, 당당한 여자였다. 좋아하기로 마음먹은 사람을 오랫동안 좋아할 용기가 있는 사람. 그리고 그 사람 앞일지라도 좋고 싫은 게 분명한 사람이었다. 가까운 친구가 일하는 가게가 이 옆에 있는데요. 나도 안 가봤는데 오면 공짜래요. 근데 오늘은 가기 싫고 다음에요. 그냥 그렇다고요.

"그럼 거기 다음에 나랑 가요?"

그러면 그녀는, 슬쩍 웃으며, 봐서요, 라고 대답하는 거다.

우리는 그 동네의 그 바인지 카페인지 모를 곳에서, 연인도 친구도 아닌 상태로 커피 또는 맥주를 마셨다. 그녀는 어떤지 모르겠지만, 기분이 그때의 그 상황처럼 애매했다. 지금 느껴지는 이 감정은 불안일까, 아니면 새로움에서 오는 설렘일까?

해는 완전히 졌고 우리는 다시 역 앞에 있었다. 슬슬 집으로 돌아가는 게 좋을 것 같았다. 우리는 시시콜콜한 작별 인사를 몇 마디 주고받았고, 나는 더없이 굳어진 표정으로 뒤를 돌아 에스컬레이터에 몸을 실었다.

그건 정말이지 최악의 작별이었다. 나는 왜 마지막까지도 이런 식인가. 나이가 몇 살이나 더 많으니까 좀 더 여유롭고 멋있는 태도로 그녀를 대했어야 했는데, 왜 그렇게도 온종일 뚝딱거렸는가. 왜 안녕이라는 인사조차 웃으며 못 건넸는가. 왜 그녀가 '혹시 내가 당신을 기분 나쁘게 했나요'라는 문자를 보내게 만드는가. 왜 거기에 대고도 별거 아니라고, 내가 좀 찌질해서 그렇다고, 누가 읽어도 별로라고 말할 답장만 보내고 있는가….

아마도 내가 그만큼이나 그 사람으로 인해 긴장했으며 그만큼 그 사람이 마음에 들었기 때문이었겠지. 좋아하는 사람 앞에서 사색이 되는 것. 그건 내가 지닌 가장 별로인 면면 중 하나였다. 어쩌면 거의 모두가 지니고 있었을 면면일지도 모르지만.

나는 그다지 흥미가 없는 사람, 그러니까 그 사람이 나를 좋아하건 말건 전혀 상관없는 사람 앞에서는 더없이 능글맞게 굴곤 했지만, 조금이라도 좋아하는 마음이 생긴 사람, 그러므로 그 사람 역시 나를 좋게 봐주었으면 하는 사람 앞에서는 더없이 못생기고 무미건조해 '보이는' 사람이 되곤 했다. 뭘 먹고 마시는 것도 어려워지고, 그 사람이 좋아서 말이든 행동이든 잘하려다 보니 오히려 실수를 저지르거나 오해를 사고 말았다.

그렇게 깨달은 거다. 내가 하루 아니 몇 시간 만

에, 그 나보다 어리면서 나보다 몇 배는 당당했던 그 사람에게 두려울 정도로 빠져버렸다는 걸.

사람이 사람에게 빠져드는 속도가 더 빠를까
아니면 그 마음이 사라지는 속도가 빠를까?

16

그렇게 나도 모르는 새에 그 아이에게 빠져들었다. 어떻게 보면 관계가 역전된 느낌마저 들었다. 나는 시간이 날 때마다 우리 언제 다시 만나냐며 칭얼대고 있었고 그 아이는, 메시지 창 너머의 표정을 실제로 볼 수는 없었지만, 꽤 흡족해하고 있는 것 같았으니까.

내가 사람이 많은 곳을 싫어한다는 사실을 알고부터는 일부러 사람 많은 곳으로만 나를 불러내는 것 같기도 했다. 사람이 분수처럼 터져 넘치는 주말의 강남에서, 그리고 빈자리 하나 없이 따닥따닥 붙어 앉아야 하는 그곳의 맥주 가게에서 그녀는, 땀을 뻘뻘 흘리고 있는 나를 즐겁다는 듯이 바라보고 있었다.

하지만 넌 내가 곤혹스러워하고만 있는 줄 알았겠지. 나도 거기서 그러고 있는 게 내심 좋았다는 걸 아직도 모르겠지. 그곳은 정말이지 너무 시끄럽고 숨 막히고. 너와 나의 무릎이 자꾸만 닿을 만큼 좁았고. 그래서 나는 그게 좋았다는 걸. 가장 좋아했던 친구랑 숨바꼭질을 할 때면 그곳에서 가장 답답한 곳을 찾아 제 발로 들어갔음에도 기분만 좋았던 것처럼, 나도 그 순간을 어쩌면 너보다도 더 즐기고 있었다는 걸 너는 모르겠지.

내가 무언가에 관해 생각하거나 부끄러워서 다른 곳을 볼 때 나를 보는 그녀의 시선이 기분 좋았다. 작은 손을 꺼내서 작은 목소리로 나름의 열변을 토하며 이어폰을 잘 묶는 방법을 알려주는 모습이 보기 좋았다. 또 그녀가 듣던 오래된 노래들, 전혀 내 취향이 아닌 게임처럼 전에는 관심도 없었던 것들이 새삼스레 귀여워지고 언제라도 어디에서라도 내 삶에서, 내 주변에서 내내 꼼지락거렸으면 좋겠다고 생각했다. 그런 것들을 욕망할 때마다 나는 나이도 까먹고 수줍어졌다.

동료 한 명과는 석 달에 한 번꼴로 국내 여행을

다녔다. 하는 일도 같은 데다가 바쁜 주기도 자주 겹쳤기에 그럴 수 있었다. 우리는 머릿속이 매일 바쁘고 눈을 뜬 순간부터 감을 때까지 생각을 멈추면 안 되는 사람들이었으므로, 여행지에 도착해서는 보통 무엇도 읽지 않고 무엇도 생각하지 않았다. 그저 둘이 괜찮은 음식에 술이나 몇 병 함께하고는 텅 빈 머리와 마음으로 돌아오는 식이었다.

하지만 그때의 난 그렇게 떠난 여행조차도 온전히 즐길 수 없을 정도로 그녀에게 빠져 있었다. 태백은 처음 가본 도시였는데도, 주변에 '좀 편해지십시오'라고 말해주는 풍경과 분위기가 널려 있었는데도 나는 그 사람을 생각하느라 마음에 내내 바빴다. 전화가 걸려 오면 숙소 바깥으로 나가 몇십 분을 떠들었고 술을 마시면서도 동료에게 그 사람에 관한 이야기를 했다.

"야, 우리 술이 부족했나?"

"뭐라는 거야. 힘들어 죽겠어."

"나 잠이 안 온다."

"냉장고에 남았으니까 혼자 더 마시고 자든가…."

그렇게 곯아떨어진 동료를 앞에 두고, 나는 책상에 앉아 남은 술을 조금 홀짝거리다가, 그래도 잠이 오지 않아 고개를 갸우뚱거리다가, 결국 지금의 이 마음을 고백하는 편지를 빽빽하게 두어 장 쓰고 나서야 지쳐서 잠자리에 들 수 있었다.

꿈에서는 내 편지를 받아 든 그녀가 드디어 원하던 것을 쟁취했다는 표정을 지어 보였다. 그리곤, 흥, 조금 부족하지만 받아주겠어, 라고 친히 말해주었다. 나는 사극에 나온 사람처럼 크게 엎드리며 감사를 표하곤 난데없이 일어서서 만세 만세 소리를 질렀다. 잠에서 깨고 나니 나는 두 팔을 높이 치켜든 채로 호텔 침대 위에 있었고 만세 만세 소리를 지르며 뛰는 건 내 머리 위에 있는 숙취였더군.

그리고 며칠간의 짧은 여행을 다녀온 내 앞에서 그녀는, 정확히 꿈에서의 그것과 똑같은 표정과 말투로 내 마음을 받아주었다.

사랑이라는 계절이 시작되고 있었다.

내일의 운세 내일의 날씨 내일의 약속
내일을 기대하거나 혹은 두려워하기도 하는 것

모든 창과 커튼을 닫아도 내일들은 찾아왔고
그 가장 가까운 미래들은
세상 가장 밝음들로 내 감긴 눈을 열어줬다

가끔은 당신을 내일이라 불러보기로 했다
가장 가까웠으면 하는 사람
세상 가장 밝은 밝음을 매일 줄 사람

당신의 기분 당신의 날씨 당신의 약속
당신을 기대하거나 가끔 두려워하기도 하는 것

내일은 분명 좋은 하루일 거란 말은 싫어하지만
내일처럼 올 당신은 분명 좋은 하루를 줄 것 같다

17

너에게.

지금 우리는 주말의 어느 한낮에 나란히 누워 있어. 나란히 놓인 네 개의 발 너머로 텔레비전이 켜져 있고, 화면 안에서는 한동안은 우리의 것이 아닐 실버 보험 광고가 삼 분에 가깝도록 이어지고 있어. 하지만 우리는 그 광고를 성가셔하지도 다른 채널을 보고 싶어 하지도 않아. 사실 넌 일어난 지 얼마 지나지 않아 다시금 낮잠에 빠져들었고, 나는 그런 너의 등과 뒤통수를 보며 다른 생각을 하고 있거든.

대단한 것도 비싼 것도 없는 미지근한 하루. 우리의 주말은 거의 항상 이래. 낮잠을 늘어지게 자거나 시간을 낭비하기를 즐기지. 그리곤 배가 고파졌다고 입을 모아 중얼거리면서 나갈 준비를 해. 그리곤 집을 나서서는 김치볶음밥이나 떡볶이처럼, 더없이 익숙해진 것들을 나눠 먹고는, 다시 천천히 걸어오다가 다른 곳으로 새기도 하고, 뭐가 그렇게 아쉬운지 집으로 들어가지 않고 똑같은 길을 몇 바퀴고 돌아보기도 해.

그렇게 걷다가 보면 너는 별다른 이유도 없이 내 이름을 불러. 정말 무슨 의도가 있어서 나를 부른다기보단, 그냥 내 발음을 입에서 갖고 노는 것 같은 느낌이랄까. 휘-명- 휘- 명- 하면서 말이야. 그럴 때마다 내가 왜 부르냐고 대답하면, 너는 있어 보라고 말하곤 다시 내 이름을 몇 번 더 발음하고, 한동안 몇 번이고 그럴 것을 알고 별다른 대답을 하지 않으면, 왜 애타게 부르는데 나를 무시하냐고 발끈하지. 나는 그게 또 괜히 귀엽고 웃겨서 들은 척을 하다가 못 들은 척을 하다가를 반복해.

그리고 나는 곧, 네 덕분에 나의 이름이 좋아지기 시작하는 거야. 그렇게 발음되는 이름이라서. 네가 그렇게 몇 번이고 부르는 이름이 내 것이라서 좋기만 한 거야. 뭐랄까. 몸의 세포들이 일제히 환호성을 부르는 기분 같달까. 나는 오휘명을 이루고 있어. 나는 오휘명의 일부야 하면서.

그래서 그때마다 나는, 내가 사실은 아주 작은 세계에서 온 게 아닐까, 라는 생각을 자주 해. 실제로도 개미처럼 아주 작은 존재였던 게 아닐까 하고. 개미나 날파리의 군집처럼, 같은 의식과 감각을 공유하는 '자잘한 나들'이 뭉쳐져서 너와 함께하고 있는 게 아닐까 하고. 실제로 나는 꽤 자주 너로 인해 작은 조각들로 부서지는 것을 느끼거든. 네가 나한테 싸늘한 날에는 철 지나 나뒹구는 나뭇잎처럼 바스러지고 네가 나에게 사랑한다고 말해줄 때는 곱게 잘 쓸어 모아둔 벚꽃잎처럼 기쁘게 흩날리기 시작해. 나는 그렇게 한없이 작아지고 동시에 너의 거대함을 느껴.

그러다 보면 세상의 온갖 크고 작은 일들이 다 고맙고 미안해져. 지금껏 살아오면서, 좁은 길 위를 걸으면서, 과연 몇 개의 거미줄을 팔로 끊어냈는지. 그리하여 몇 마리의 거미를 슬프게 만들었는지를 뉘우치게 돼. 왜 하필 우리 둘이 걷는 오늘 하늘의 색이 그러데이션 색종이처럼 다채로운지. 왜 내 마음을 꼭 저런 모양으로 만들어버리고 마는지 감탄하고 감사하게 돼. 그렇게 한없이 작아지는 나는 별게 다 미안해지고 고마워지는 거야.

어떤 눈치 없는 집이 이런 평화로운 주말 낮에 못질을 하는 걸까. 나는 다시금 픽셀 또는 모자이크처럼 부서져 네 귀를 완벽하게 감싸안아 주는 상상을 해. 그래서 네가 깨고 싶을 때까지 넉넉하게 낮잠을 자고 일어나는 상상. 그렇게 오래오래 자고 일어나서 배가 고파진 너와 내가 옷을 입고 나가서 다시 오래오래 걷는 상상을.

앞으로도 내가 너로 인해 세상의 거의 모든 일에 연연하게 되기를. 온갖 것에 미안해하고 고마워하고 놀라워하기를 바라. 그리고 네가 영원히 너의 마음대로 굴기를. 멋대로 내 이름을 발음하고 내게 안겨오기를.

그럼 나는 그때마다 내 세포의 개수만큼 일일이 그리고 새삼스레 네게 사랑을 맹세할 거야.

가끔은 동화의 전개가 그런 것처럼
현실 세계의 이야기도

'그렇게 둘은 오래오래 행복하게 살았답니다' 라고

대충 뭉뚱그려졌으면 좋겠다고 생각하게 된다.

part

03

네가 필요로 했었던
사람은 누구였을까?

18

의영 씨 이야기 1

의영 씨는 한 카페 프렌차이즈의 슈퍼바이저로 일하고 있다. 매일같이 차를 몰고 지점을 돌며 점포를 관리감독하고 때로는 지점 사람들과 운영 방향을 제대로 맞추기 위해 서로 얼굴을 붉힐 필요도 있는 업무 특성상, 회사에 소속된 대부분의 슈퍼바이저는 남자였다. 그리고 그건 다른 업계도 마찬가지였다.

하지만 의영 씨는 마음, 그러니까 본심의 바깥으로 벽을 쌓아두고 사람들을 대하는 자신의 성격이 슈퍼바이저의 직무와 딱 들어맞는다고 생각했고 그 생각은 적중했다. 웬만한 슈퍼바이저들보다 업무 성과가 좋았고 지점 사람들의 평가도 나쁘지 않았다. 진심에서 우러난 공감과 걱정은 해주지 못했지만, 가장 현실적인 방법으로 각 지점의 문제를 해결해

주고 판매를 촉진시킴으로써 눈에 보이는 성과를 만들어냈기 때문이다.

하지만 그런 의영 씨에게도 나름의 고충은 있었다. 퇴근한 후에는 본인도 좀 쌓아뒀던 마음의 벽을 허물고 약한 속살을 드러내고 싶은데, 가끔은 가까운 사람들과 지지고 볶고만 싶은데, 퇴근한 이후에도 전화가 걸려 오면 덜컥 그 편해지려는 마음에 제동이 걸려버리는 거였다. 그럴 때마다 의영 씨는 회사원 의영과 보통의 인간 의영, 둘 사이에 서서 어쩔 줄을 몰라 했다.

"업무용 핸드폰을 하나 개통해 보는 건 어때?"

본사 팀장이 지나가듯 의영에게 말한 것은 그녀가 마침 전날 밤에 점주로부터 화풀이식의 전화를 받는 바람에 마음이 너덜너덜해져 있을 때였다. 의영은 물었다. 업무용 핸드폰이요?

"응. 점주님들이랑 소통하는 용도로만 알뜰폰을 개통하는 거야. 그러면 의영 씨 개인적인 연락처랑 점주님들 연락처가 분리돼서 좋고, 퇴근 후의 생활도 보장돼서 좋고. 물론 회사 핸드폰이라 퇴근 이후에는 통화가 어려울 수 있습니다, 대충 그런 안내는 미리 해둬야 하겠지만 말이야."

꼭 그래야만 한다는 회사 내규는 없었지만, 알고 보니 의영 씨를 제외한 많은 직원이 그런 식으로 자신의 사생활과 회사 생활을 나눠놓고 있었다. 그런 거면 미리 좀 알려주셔도 좋았을 텐데. 의영 씨는 그날로 적당한 중고 핸드폰 하나를 구입해 업무용 연락처를 개통했다. 그리고 점주들에게만 연락을 돌렸다. 이 번호로 저의 전화번호가 바뀌었으니, 앞으로는 이곳으로 연락을 주시면 감사하겠다고.

"근데 이건 뭐지?"

그때 사소한 문제가 생겼다. 분명 기존에 쓰던 번호와 이번에 새로 개통한 번호는 다른 번호인데, 새 기기의 전화번호부가 기존의 것과 멋대로 동기화되어 기존의 모든 연락처가 새로 개통한 기기의 새로운 카카오톡에서도 자동으로 친구로 등록되어 버리고 만 것이다.

이를 어쩐다. 원래 내 이름 말고도 똑같은 이름으로 새로운 프로필이 하나 더 보이면 사람들이 헷갈릴 텐데. 이게 어떻게 된 거냐며 궁금해하기도 할 텐데. 그런 일로 귀찮아지는 건 딱 질색인데.

하여 프로필의 이름을 바꿔둔 것이었다. 의영이 아니라, 의영의 자음인 'ㅇㅇ'로 적당히.

한동안은 별 탈 없이 지냈다. 확실히 업무용 핸드폰과 개인용 핸드폰을 따로 분리해 두니 놀라보게 마음이 편해졌다. 업무시간에만 주머니에 그 핸드폰을 넣어두면 되었고 업무시간 이후에는 그것을 아무렇게나 던져두면 그만이었다. 전에 이 번호를 쓰던 사람이 누구였는지는 알 수 없지만, 불법 사설 도박 홍보 문자나 스팸 전화가 자주 오는 것 빼곤 전부 마음에 들었다. 그런 것들이 성가시게 한다고 해도 실질적으로 이 번호로는 점주들의 전화만 받으면 되니 무시하면 됐으니까.

어느 날, 'ㅇㅇ'이라고 이름을 지어둔 메신저로 메시지 하나가 날아왔다. 누구지? 점주님들에게는 메신저 사용 안 한다고 말씀드렸는데. 의영 씨는 메시지를 보내온 사람의 이름을 한동안 들여다보았다. 아. 기억났다.

그건 아는 이름이었다. 아주 오래전에 소개팅을 했던 남자. 잘 되진 않았지만, 굳이 전화번호를 지울 필요까진 느끼지 않았기에 그대로 두었던 사람이었다.

그 사람은 알아들을 수 없는 말을 하고 있었다.

사과하라는 말. 오랜만에 보니 그 새끼랑 시시덕거리면서 밥도 먹고 술도 먹고 아주 좋아 죽으려 한다는 말.

메신저상의 이름을 ㅇㅇ라고 해두었으니 다른 사람의 번호로 착각하고 보낸 거겠지, 의영 씨는 그렇게 생각하고 일단은 그 메시지를 읽기만 하고 별다른 답장을 하지 않았다.

하지만 다음 날, 늘 그랬듯 바쁘게 점포를 돌며 매장들을 관리하고 있는데. 문득 재킷 오른쪽 주머니에서 진동이 울려왔다. 업무용 핸드폰이 만들어내는 울림이었다. 무슨 일이지? 어느 지점의 점장님 일까.

다시 그 남자였다. 그 남자는 서울에 있는 어느 카페의 위치 정보를 전송하고 있었다. 그러면서 오늘 일곱 시까지 여기로 오지 않으면 자기가 무슨 짓을 저지를지 모르겠다는 거다.

"...뭐라는 거야 대체?"

어떤 나라에서는
그릇에 조금이라도 금이 가 있으면
재수가 없다고 여겨 곧바로 버려버리지만

바로 옆 나라에서는
오히려 귀한 손님을 맞을 때일수록
그를 대하는 정성을 표현하기 위해
일부러 깨졌던 것을 수리한 그릇을 내어온다고 한다

이렇게나 다르다
사람 마음이라는 게

19

우리의 나날은 평화로웠다. 날이 좋은 날에는 공원을 오래 걸었고 날이 좋지 않은 날에는 가만히 방에 누워 서로의 의식 속을 걸었다. 당신 지금 무엇을 먹고 싶은지 이따가 하고 싶은 건 뭔지, 나한테 하고 싶은 말이나 바라는 것은 없는지를 끝없이 생각했다. 고로 가만히만 있어도 지루해지는 일이 없었는데, 나를 보는 그녀의 눈이 쉽게 감기는 일이 없이 구슬처럼 내내 반짝이는 걸로 봐서는 그 사람 역시 나와 크게 다르지 않은 마음인 것 같았다.

조금 특별한 날엔 평소와는 다른 곳에 가서 기분을 냈다. 물론 대단히 근사한 가게를 가거나 하지는 못했지만, 바깥바람이나 좀 쐬자는 뜻에서였다. 왜 그곳이었는지는 이제 기억나지 않지만, 우리는 크리스마스에는 삼성동에, 백일인가 이백일 기념일에는 잠실 석촌호수 주변에 있었다. 삼성동에서는 미어터지는 사람들의 한가운데에서, 일본의 돈키호테를 그대로 베껴다 놓은 것 같은 쇼핑몰을 구경하고 크리스마스와는 조금 동떨어진 그렇고 그런 체인점에 들어가 칼국수를 먹었다. 석촌호수 주변에 있었던 우리는 롯데월드에 들어가지도 다른 무엇을 하지도 않고 그저 호수 주변을 몇 바퀴고 걷기만 했다. 하지만 그게 나는 좋기만 좋았다. 왜 그곳이었는지는 기억나지 않지만, 그 순간이 행복했다는 것만큼은 명확히 기억날 정도로.

우리는 주로 주말에 함께했는데, 마침 그 주말만 쏙쏙 골라서 비가 오는 시기에 우리는 그것을 안주로 삼아 술을 마셨다. 나는 술을 잘했지만 그 사람은 술을 잘하지 못했다. 하지만 집 주변의 한산한 술집에서 편한 옷을 입고 바깥에 내리는 비를 보는 일이, 그리고 그 앞에 앉아서 실시간으로 흐트러지는 나를 보는 일이 그 사람은 좋았었나 보다.

술을 마시면 마음이 불처럼 뜨거워지거나 날뛰게 될 때도 있었지만, 반대로 물처럼 차분해지고 잔

잔해질 때가 더 많았다. 그녀와 함께일 때 주로 나는 차가워지는 편이었다. 우리는 차분한 가운데에서 평소였다면 부끄러워서 혹은 서로 껄끄러워질까 봐 하지 못했던 말들을 주고받기도 했었다.

상상 속의 나와 현실의 내가 달랐던 적이 있었어?
이런 부분은 조금 깬다 싶은 순간이 있었어?
죽어도 이해하지 못할 것 같은 면면이 있어?

우리는 그런 질문과 그 질문에 대한 대답을 어쩔 수 없는 아주 미세한 조심스러움과 두려움과 함께 주고받았다. 그건 정말 술이 들어갔을 때여야 주고받을 수 있는 대화들이었지만, 한편으론 술이 들어갔기에 서로의 생각과 말투가 격해질 수 있음을, 그러므로 서로에게 상처를 줄 수도 있음을 알았으므로 물을 마시거나 숨을 쉬는 일조차도 신경을 썼다.

솔직히 말하자면, '어라?' 싶은 면면들도 있기는 있었어. 그랬구나. 사실 나도 그랬어. 난 네가 아주 조그만 벌레 한 마리가 집에서 나왔다는 이유로 기겁하는 게, 진지하게 이사를 생각할 정도로 질겁하는 게 조금 놀라웠어. 그랬었네. 난 네가 통화를 두려워하는 게 좀 이해가 안 되긴 했어. 그냥 멀리 떨어져서 얼굴 안 보고 하는 대화일 뿐인데. 그걸 왜 그렇게까지 두려워하는 건지. 글쎄. 그건 나도 좀 답답하긴 한데. 아니. 그냥 그랬다고. 난 네가 절정을 맞을 때의 표정이 아직은 조금 적응이 안 돼. 난 네가 빨래하는 방식이 나랑은 많이 다르다는 생각을 항상 해. 난 네가 화를 내듯이 커피에 시럽을 짜 넣을 때가 조금 걱정돼. 넌 한 번 짜증을 내면 다른 모든 게 다 짜증의 원인이 되는 거 같아….

"싸우자는 거 아니지?"

"물론 아니지."

"그래서 내가 싫어? 너랑 그런 것들이 다르고 이해가 안 돼서?"

"싫기는. 오히려 더 사랑스럽지."

오히려 우리는 달라서 참 다행이라고 생각하지. 그렇게 생각했다. 나는 샤워를 하며 이렇고 저런 망상을 펼치는데 그 사람은 지금의 물 온도가 얼마나 적절한지를 생각하고 샤워를 마치면 해야 할 것들을 생각한다는 것을 알았을 때, 맛있는 것을 나중에 먹는 나와는 반대로 맛있는 것부터 먹곤 한다는 말을 들었을 때, 파란색이 아니라 주황색이 더 좋다고 했을 때, 걸음을 걸으면 내가 앞으로 나아가는 게 아니라 세상이 내 뒤로 굴러가는 거라고 생각한다는 말을 들었을 때, 그때마다 나는 처음 와본 나라에 있는 여행객, 그리고 그곳이 몹시 마음에 드는 여행객처럼 모든 것에 감탄했었다.

그녀는 민물고기를 좋아한다고 했다. 무엇이 됐든 민물고기로 만든 요리를 좋아한다고. 사람들은 나이 많아 보인다고 뭐라고 해도 나는 그게 좋다고. 어려서부터 먹어와서 그런 것 같다고.

그녀를 여행하기 전의 나는 민물고기보단 바닷고기를 더 좋아하는 사람이었다. 그러므로 그녀의 그 말을 듣는 순간, 내 마음은 강에서 바다로 흘러 내려가는 대신, 고개를 돌려 바다에서 강으로 역행하기 시작한다. 황어나 연어처럼 안간힘까지 쓰면서 살아온 날들과 취향에 반하기 시작한다. 그건 꽤 힘든 일이지만 그래도 나는 마냥 멋진 일인 것만 같다고 생각한다.

이거야. 이런 게 사랑인 거야. 나는 이 정도의 수고로움과 놀라움은 있어야 사랑인 거라고 작게 말하며, 고여서 굳어져 있던 수십 년 치의 마음을 통째로 까뒤집어 바닥에 털어내느라 한동안 분주하게 매일을 살아내야 했다.

20

우리에게는 가끔 교통 정리가 필요했다.

나이 차이가 다섯 살은 우스우리만치 크게 나다 보니 당연히 서로 공감하지 못하는 추억과 이해하지 못하는 가치관이 생기기 마련이었다. 그때마다 우리는(주로 내가) 신나게 대화하던 와중에도 고장 난 자동차처럼 멈춰버리곤 했는데. 그때마다 멈추지 않은 쪽에서 침묵으로 이루어진 교차로를 과감하게 넘어와, 그럴 수 있다고, 모를 수도 있다고, 나도 당신의 추억은 모르지 않느냐며 상대방을 다독여주었다.

안으로 파고들거나 밖으로 발산하거나, 부정적인 감정을 다루는 속도와 방식이 달라 한 명이 저 멀리 도망가며 작아질 때는(혹은 그렇게 될까 봐 두려워질 때는), 차선의 개수를 줄여 과속을 방지하듯이 하루 중의 일과를 최소한으로 줄여 다른 것들을 차단하고 서로에게만 집중할 수 있도록 템포를 늦추기도 했다.

그리고 그 사람의 불안이나 우울감이 불쑥불쑥 치밀어오를 땐, 그래서 마치 달빛 하나 없는 밤의 도로를 달리는 기분을 느끼고 있을 땐, 그녀에게 나름의 가로등이 되어줄 수 있는 것들을 찾아서 건네는 데에 모든 신경을 쏟아부어야 했다.

대학교 공부도 친구나 가족들과의 관계도, 무엇 하나도 마음대로 되지 않아 아침부터 기분이 엉망이라고 말해오는 날에는 몰래 퇴근을 서둘렀다. 해야 할 일이 밀려 있어도 일단은 퇴근부터 하려 들었다. 그녀가 학교를 마치기 전에 퇴근을 하고, 전철을 타고 달려가는 동안 그녀가 좋아하는 디저트 가게에 전화해 포장을 예약하고, 부지런히 달려가 드라이아이스와 함께 포장된 그 디저트를 그녀가 사는 집 문고리에 걸어두고 와야 했으니까. 그렇게 얼른 작은 선물을 남겨두고 다시 돌아가 일을 하고 있으면, 그렇게 한두 시간쯤 기다리고 있으면, 이게 뭐냐는 말과 함께 웃음기 가득한 전화가 걸려 오는 게 나는 참 좋았다. 그 전화만 기다리느라 목이 마를 정도였다. 그리고 그토록 기뻐하는 목소리를 들으면, 마치 일곱 시 십오 분쯤 텅 빈 도로를 달리다가 일제히 켜지는 가로등을 목격한 것처럼, 그리하여 내가 세상의 주인공이 된 것처럼 온갖 것이 눈이 부셔 혼났다.

아... 정말.... 그 여자를 꾸며주고 기쁘게 하는 일이 내 직업이 될 수만 있다면... 그래서 그녀의 불안이나 우울감들과 더 적극적으로 싸울 수만 있게 된다면 얼마나 좋을까.

하지만 그렇게 사랑이 짙어질수록, 그런 일에는 어쩔 수 없이 경제적인 조건이 필수 불가결하다는 것 역시 하루만큼씩 더 깨닫고 있었기에, 나는 전보다 더 분주해져야 했고, 날카로워져야 했고, 때로는 나를 따라 하거나 망하게 하려고 하거나 얕보는 것들과 싸워야 했다. 주말의 햄버거와 좀처럼 끝나지 않는 산책은 충분히 행복하고 두근거렸지만, 그게 언제까지고 좋은 채로 남을 것이라는 확신은 누구도 할 수 없었으니까. 그 누구에게도 사랑은 무료일 수 없다는 걸, 말은 안 했지만 우리 둘도 이미 알고는 있었으니까.

마포구에 작업실을 새로 계약하고 분주해지기 시작할 무렵에는 새로운 약속을 많이 했다. 이곳에서 하는 일들이 잘만 풀리면 앞으론 이런 일도 할 수 있을 거고 저런 기회도 생길 거라고. 그러니까 당신과도 이렇고 저런 행복한 시간을 가질 수 있을 거라고. 그러니까 만남의 빈도가 당장 조금 줄어들고 연락의 주기가 길어지더라도 서로를 놓치지 말자고. 우리 그렇게 잘 이겨내 보자고. 우리는 그렇게 몸과 몸이 멀어진다고 해도 마음과 마음은 더 가깝게 있을 수 있도록, 더 가까워지진 못하더라도 적어도 멀어지지는 않도록 마음을 굳게 먹었다.

온종일 정신없이 바빴던 날, 혹은 그녀가 그녀의 일들로 인해 먼 곳에서 힘들어하는 날이면, 나는 가만히 그녀가 언젠가 보내준 그녀의 어릴 적 사진을 봤다. 네모난 사진 안에서는 다섯 살 남짓한 꼬마 아이가 남색 점퍼를 입고 가만히 서 있다. 나이는 무척 어려 보이지만, 어딘지 모르게 생각이 많아 보인다. 때로는 외롭게 느껴지기도 했다.

그런 날이면 나는 그때의 네 옆에 가서 서본다. 그때 나는 몇 살쯤이었을까? 어떤 모습이었을까? 네가 다섯 살쯤이면 나는 초등학교에서 뛰어다닐 나이쯤이었을까? 그렇게 그때의 네 옆에 그때의 내가 다가가 서면, 그러면 그때의 네가 좀 덜 외로운 표정을 짓게 됐을까? 그리고 나도 조금 덜 외로운 생애를 살게 됐을까? 그렇게 우리가 외롭지 않은 각자가 되었다면, 어른이 되어서는 못 만나게 되었을까? 서로를 사랑하지 않게 됐을까?

그렇다고 해도 괜찮아. 내가 알지 못하는 오래전의 네가 조금 더 행복했다면, 그로 인해 오늘의 너 역시 행복해져 있다면. 그걸로 충분해.

초여름 어느 날이었다. 그날은 출판사로부터 몇 달 만에 책 판 돈을 정산받는 날이었으므로 다른 날보다 조금 더 어깨가 넓어진 나는 너를 데리고 서울을 쏘다녔다. 마침 둘 다 검은 옷을 입고 있었으므로 미술관 안에 있는 서로의 뒷모습을 찍어주었고, 전시를 구경하고 나와서는 사람이 북적이는 삼겹살집이 아닌 그 옆의 너무나도 한가했던 삼겹살집, 한 입을 먹고 나니 왜 사람이 없는지를 바로 알 수 있었던 삼겹살집에서 고기를 구워 먹었다. 자랑스러움과 부끄러움과 애틋함과 미안함, 불안함, 은근한 울적함이 스쳤지만, 그래도 그 감정들의 기저에는 서로를 향한 사랑이 늘 깔려 있어서 괜찮았던 하루였다.

바로 그날이 우리가 연인으로서 함께일 수 있는 마지막 날이었다는 걸, 우리는 까맣게 모르고 있었다.

21

나갈 때보다 들어올 때가 훨씬 시간이 빨리 갔다. 아무래도 나갈 때와는 다르게 돌아오는 이 비행기 안에는 내가 아는 사람이 단 한 명도 없다는, 특히 내가 한때 사랑했던 여자가 타 있지 않다는 생각이 나를 편하게 만들어서였을 것이다. 나는 비행기 좌석에서 무료로 볼 수 있는 영화를 두 편이나 해치웠고 그 누구보다도 기내식을 깨끗하게 먹어 치웠으며 마치 태어난 고향이 비행기인 사람인 것처럼 편하게 책을 읽다가 잠들었다가를 반복했다.

한국 땅이 보이고 있었다. 반갑다고 생각했다. 물론 파리라는 도시는 아름다웠지만 어쩔 수 없이 느껴지는 저항들이 있었다. 분명 나를 보고 친절하게 웃어 보이지만, 그 안에는 이방인을 밀어내는 것 같은 묘한 뉘앙스가 섞여 있었다. '널 미워하는 건 아니지만, 분명 넌 우리와 달라'라고 말하는 듯한 뉘앙스랄까. 하긴 내가 사는 동네가 그저 내가 사는 동네로만 기능하는 게 아니라 전 세계 사람들이 매일같이 드나드는 곳이 되어버린다면, 나도 그런 마음이 생겼을 거다. 아니면 그저, 파리에 있는 내내 내 마음이 너무 바빴기 때문에 한국 땅이 반갑게 여겨지는 것일 수도 있겠지.

파리에서 취재와 집필을 하는 내내, 그녀가 이 박 삼 일간의 레이오버를 마치고 한국으로 돌아간 이후에도 줄곧, 나는 그녀를 생각하느라 한순간도 마음이 편하지 않았다. 언감생심 그녀와 다시 닿기를 바라지조차 않고 있었는데, 한편으론 견물생심이라, 우연히나마 다시 마주치고 먼 외국 땅에서 마주 앉아 잠시나마 이야기를 나누니 금방이라도 우리가 예전으로 돌아갈 수 있을 것만 같다고 자꾸만 착각하게 되는 거였다. 우습지. 우리가 헤어진 것도 벌써 오 년 전의 일이었는데. 인제 와서 재결합이라니.

하지만 그녀 역시 나를 완전히 놓아버렸던 건 아닌 거라고.

그런 생각을 할 때마다 나는 펄떡거리는 심장을 어떻게 할 수가 없었다. 분명 서울 가서 다시 보자고 걔가 먼저 말했는데. 걔도 우리가 언제 마주칠지도 몰랐으면서 내 사진을 인화해서 갖고 다니고 있었는데….

어떻게 해야 할까? 나도 조금 전에 인천에 잘 도착했다고 말할까?

나는 지상에 도착하자마자 무슨 말을 메시지로 보낼지부터 고민했다. 캐리어를 옆에 세워두고 핸드폰을 내려다보고 있는 내 주변으로 사람들이 분주히 스쳐 가고 있었다. 문득 어떤 여자 목소리가 들려왔다. 그 영화 3탄 나왔던데 그거나 보러 갈까? 라는 목소리가. 나는 그 목소리가 놀랍도록 그녀의 그것과 닮아서 얼른 고개를 들어 그곳을 봤는데, 거기에는 그녀가 아닌 모르는 사람이 있었다.

그래. 마레 지구의 그 카페에서도 그녀는 그 영화 이야기를 했었다. 마블 스튜디오에서 만든 어느 영화의 세 번째 에피소드인데, 그게 너무 보고 싶다고 말했었다. 그러니까 이번 비행 끝나면 꼭 보러 가고 싶다고. 나는 그녀에게 메시지를 보냈다.

'그때 말한 그 영화, 나랑 보러 갈까?'

그녀가 곧바로 내 메시지를 읽었다. 숫자 1이 거의 실시간에 없어지는 것이 보였다. 하지만 답장은 좀처럼 오지 않았다. 좋으면 좋다. 이미 봤으면 봤다. 싫으면 싫다…. 답장을 했어도 진작에 하고도 남았을 텐데. 그 정적에는 긴장감과 어떤 미묘함만 숨어있었다. 그리고 드디어 답장이 날아왔는데, 그것은 내가 바라고 예상했던 답장이 아니었다.

'아니, 그 영화는 좀 그래.'

'역시 좀 그런가? 알았어.'

역시 좀 그런 건 뭐야. 나는 역시 이런 상황에서는 참 별로인 사람이라고 생각하면서 한편으론 열심히 머리를 굴렸다. 뭐지? 파리에서와는 다르게 왜 이렇게 냉담해진 걸까? 내가 뭔가를 잘못하기라도 한 걸까? 혼자 힘으로 알아낼 수 있는 건 아무것도 없었다. 역시 좀 그런가? 알았어, 내가 보낸 그 메시지는 그녀에 의해 다시금 금방 읽혔고, 그 이후로는 어떤 답장도 오지 않았다. 나는 어째선지 급격히 배가 고파져, 공항 안에 있는 푸드코트로 급하게 발걸음을 옮겨야 했다.

사실 그 영화, 나는 2탄도 안 본 거였는데.
그래도 재밌게 볼 수 있었을 텐데.

22

한동안 한가하긴 한가했다고, 기다렸다는 듯이 다시금 바쁜 나날이 이어졌다. 수많은 원고를 쓰고 또 편집해야 했고 여러 사람을 만나 팔자에도 없는 인터뷰를 이어가야 했다. 오 년 전만 해도 웃어 보이고 싶은 사람에게만 웃겠다고 억지를 부렸던 내가 이제는 전혀 일면식도 없는 사람, 심지어 혐오해 마지않는 사람에게도 웃어 보이고 있었다.

소설 독서 모임의 호스트를 제안받은 건 그렇게 분주한 나날을 보내고 있을 때였다. 점심을 먹고 짧은 낮잠을 자는 둥 마는 둥 하고 있는데 핸드폰이 신경질적으로 몇 번이고 울기 시작했다. 따라서 신경질을 내려 누구인가 봤더니 전에 잠깐 같이 일했던 회사의 대표였다. 전화를 받고 억지웃음을 지으며 무슨 일이시냐고 물으니, 그가 대뜸 요즘 하루 일과가 어떻게 되냐고 묻는 거다.

"아니 오랜만에 전화하셔서는 그게 무슨 말이세요. 저야 그냥 아침에 출근하고 일곱 시쯤 퇴근하고, 퇴근하고 나서는 집 가서 잠이나 자죠…."

그랬더니 그는, 페이는 조금 더 챙겨줄 테니 앞으로 한 달만 독서 모임 한 팀을 맡아달라고 부탁하기 시작하는 거다. 그가 운영하는 회사는 이렇고 저런 콘텐츠 사업을 펼치고 있었는데, 그중 하나가 독서나 와인, 넷플릭스, 영화 등을 주제로 하는 소셜 모임을 열고 해당 네트워크를 기반으로 콘텐츠를 재생산하는 일이었다. 그리고 그중에 이미 회원 모집이 끝난 독서 모임 한 팀의 호스트가 큰 교통사고를 당하는 바람에 호스트 자리가 공석이 되어버렸다는 거였다.

언제부터 시작인데요, 라고 말하니 당장 내일부터라고 했다. 일주일 중 하루, 퇴근 시간이 두 시간쯤 늦춰진다는 게 좀 짜증스럽기도 했지만, 용돈도 벌 겸 대표와의 관계도 좋게 유지할 겸 알겠다고 대답했다. 그는 역시 휘명 씨, 해줄 줄 알았어요, 라고 말하고는 자세한 건 다른 분이 곧 연락 주실거라고 말하며 다시 급하게 전화를 끊었다. 예나 지금이나 바쁘게 사는 양반인 건 확실했다.

다음 날, 회사 업무를 마치자마자 조금 분주하게 약속 장소로 향했다. 다행히 아직 아무도 와 있지 않았으므로 나는 노트북을 펼쳐놓고, 담당자로부터 전달받은 대본과 매뉴얼을 둘러보았다. 사실 무언가에 관해 이야기를 나누는 모임의 호스트 자리는 늘 좀 마음을 굳게 먹고 맡아야 했다. 무언가를 진짜로 좋아하는, 진짜들만 모이는 자리였기 때문이다.

해봤자 독서 모임이고 너는 글 쓰는 게 직업인 사람인데 그게 뭐가 무섭냐고 말할 수도 있겠지만, 다르게 생각해 보면 이곳을 돈을 내고 찾아오기까지 하는 진정한 독서 애호가들을 만난다는 건, 나를 언제라도 물어뜯을 수 있는 잠재적 고객 또는 심사자를 대면하는 일이나 다름이 없었기에 긴장을 안 하려야 안 할 수가 없었다.

그렇게 한 명 두 명 시간에 맞추어 멤버들이 들어

와 자리에 앉고, 곧 모임은 시작됐다. 모임은 걱정했던 것과는 다르게 매끄럽게 진행됐다. 빈자리가 하나 있었지만, 거의 모든 사람이 제때 도착했고 따뜻한 시선과 말들이 오갔다. 나 역시 어느 순간부터 그 자리에 완전히 녹아들어서, 물어보지도 않은 것들에 관해서도 신나서 떠들고 어울리지도 않게 폭소를 터뜨리기도 했다. 그렇게 첫 주차의 토론 도서로 선정된 책에 관해 이야기를 나누고 있는데, 별안간에 문이 열리더니 한 남자가 들어왔다. 그 남자는 정말 죄송하다고, 차가 막혀서 늦었다고 사람 좋은 미소를 지으며 비어 있는 의자에 얼른 자리를 잡았다. 분위기가 아주 잠깐 어수선해졌지만, 그 남자의 정중하고도 밝은 미소가 사람들의 마음을 금세 녹여버리는 모양새였다.

나는 그 남자를 알고 있었다.

그 남자였다. 그녀의 프로필 사진에서 종종 그녀와 얼굴을 맞대고 있던 그 남자. 그녀가 나와 헤어진 이후에 나와 함께했던 것보다도 더 오랜 시간을 함께한 남자. 그 남자가 그 독서 모임에 나와 있었다. 나는 폐가 쪼그라드는 것처럼 놀랐다. 마치 전설의 동물이 실재하고 있다는 걸 알게 된 기분이 이와 비슷할까. '어!'라는 단말마가 입에서 튀어나오려 하는 것을 가까스로 막아내고, 또 손을 흔들며 인사를 해야 할지 고개 숙여 인사를 해야 할지, 일어서서 맞아야 할지 앉은 채로 맞아야 할지를 알지 못하게 돼버려 전원이 꺼질 것만 같았다.

가까스로 평정을 되찾고는 모르는 사람인 양 그에게 스스로를 소개해 주기를 부탁했다. 정말로 우리는 표면적으로 모르는 사이이긴 했으니까. 그 사람은 나도 몇 번쯤은 이름을 들어본 무역회사에 다닌다고 했다. 회사는 을지로 쪽에 있고, 원래는 독서에 별다른 흥미가 없었지만, 언젠가부터 책 읽는 사람이 멋있다고 느끼기 시작했기에 자기도 멋진 사람이 되어보고자 이곳을 찾았다고 했다. 그러므로 실질적으로 독서 경력은 거의 없다고. 그러니까 여러분께서 저를 잘 좀 챙겨주셨으면 좋겠다고. 그의 사람 좋은 미소와 듣기 좋은 목소리는 주변 사람들을 한순간에 빨아들이고 있었고, 호스트로서 사람들의 시선을 한 몸에 받고 있던 나는 어느새 뒷전이 되어 있었다.

나는 그의 존재만으로 묘한 소외감과 박탈감, 패배감을 느꼈지만, 한편으로는 다른 사람들과 마찬가지로 그의 환한 미소를 보는 일이 좋기도 했다. 내가 보고 있는 미소를 언젠가의 그 사람도 똑같이 봤을 거라고 생각하면, 그래, 행복하기도 했겠구나, 싶었다.

다시 일주일이 지났고 나는 두 번째 독서 모임에서 다시금 그 남자를 만났다. 나는 모두에게 물었던 것처럼, 짐짓 통과의례를 거치듯 그 남자에게 '일주일 동안 잘 지냈어요? 어떻게 지냈어요?'라고 물었다. 그 남자는 다시금 웃으면서, 최고의 일주일을 보냈다고, 맛있는 것도 많이 먹었고 주말에는 시간을 내서 캠핑도 다녀왔다고 답했다.

나는 그 말이 참 좋았다. 내가 그에게 '일주일 동안 잘 지냈어요? 어떻게 지냈어요?'라고 물은 건, 사실은 '그녀는 일주일 동안 당신과 잘 지냈나요? 그녀는 어떻게 지냈나요?'라는 물음이었고, 그 남자가 잘 지냈다는 건, 그녀 역시 잘 지냈다는 뜻으로 다가오고 있었으니까.

한때 내 자리였던 곳을 꿰찬 사람, 그가 밥을 잘 먹었다고 말하는데 왜 내가 좋은 건지. 이게 무슨 마음인지. 그녀를 사랑했으니 그녀의 사랑도 사랑하게 될 수 있는 건지. 도대체 나도 내 마음을 도통 이해하지 못했지만, 분명히 알 수 있는 것도 있었다.

그래서 같이 영화를 보자는 나를 밀어낸 거구나. 여전히 이 남자와 잘 만나고 있는 거구나. 분명 나와는 다른 사람이니까. 나에겐 없는 밝은 면면과 따뜻하고도 때로는 뜨거운 열정 같은 것이 그에겐 있으니까. 그것들은 내가 세 번을 죽었다가 다시 태어나도 가질 수 없을 것들이더군. 그러니 어쩌면 그의 행복에 나도 작은 행복을 느끼는 건, 완벽한 패배 앞에서의 깔끔한 승복일지도 모르겠다, 고 나는 집으로 돌아가는 차 안에서 생각했다. 웃고는 싶었는데 울고도 싶었다.

23

한국에 돌아온 지 어느덧 한 달이 지났는데도 나는 고양감과 죄책감에 휩싸여 있었다. 고양감은 그 낭만적인 도시에서 너와 드디어 다시 닿았다는 데에서 오는 것이었고 죄책감은 홀로 있는 네가 아닌 '누군가와 함께인 너'를 내가 감히 만났다는 데에서 오는 것이었다. 그 사람이 어떤 사람이더라도, 아무리 매력적이고 일생을 기다려온 사람이라고 할지라도 이미 만나는 사람이 있는 사람과는 죽어도 엮여서는 안 된다는 철칙이 내게는 있었기 때문이다.

하지만 그게 어디 마음처럼 되는 일일까.

파리에서 네게 차가웠던 이유를 너무나도 늦게 깨달았다. 사랑이 식어서가 아니었다.

오히려 다시 사랑해 버리게 될 거라는 공포가 있었나 보다. 그리고 너를 아주 조금도 잊지 못했음을 부정하고 싶었나 보다.

그때의 네게 필요했던 사랑은 무엇이었을까? 네가 필요로 했었던 사람은 누구였을까? 나와는 얼마나 다른 사람이었을까? 네 옆의 그 남자에게 뒤늦게라도 배워볼 수 있을까? 그러면 조금이라도 너와 어울리는 사람이 될 수 있는 걸까?

가끔은
마음 가는 대로라는 쉬운 말이
그 무엇보다도 어렵게 다가온다

24

의영 씨 이야기 2

'오늘 일곱 시까지 이 카페로 와. 안 오면 나도 내가 무슨 짓을 저지를지 모르겠어.'

이게 무슨 소리야? 의영 씨는 다소 섬뜩한 그 문자메시지를 읽으며, 이게 바로 그 스토킹이라는 걸까 생각했다. 아닌데. 이 사람이랑은 '이성 관계로 발전할 여지가 있기는 있는' 소개팅으로 알게 된 사이이기는 했지만, 서로가 서로에게 그다지 큰 매력을 느끼지는 못했기에 그날로 깨끗이 정리된 사이였다. 분명 내가 마음에 드는 눈치는 아니었는데. 그러면 이 사람, 나를 내가 아닌 다른 사람으로 생각하고 이러고 있는 거 아니야? 의영 씨는 여전히 두려움이 가시지 않은 마음으로, 최대한 조심스럽게 단어들을 골라 답장했다.

"안녕하세요. 사람을 잘못 알고 연락하신 것 같아서요. 저는 김의영이라는 사람이고, 기억하실진 모르겠지만 우리가 아주 오래전에 소개팅을 한 번 같이 했었던 걸로 알고 있어요. 아무튼 저는 말씀하시는 것들이 도대체 무엇인지 하나도 알지 못하겠고, 최근에 누군가와 만나서 시시덕거리지도 않았던 것 같아 이렇게 조심스레 답장을 드립니다."

그러니 그 남자는, 얼른 '아이고, 죄송합니다'라는 메시지를 보내왔다. 역시나 자신의 메신저 이름 'ㅇㅇ'를 자신이 아닌 누군가로 착각하여 엄한 데다가 질투를 불태우고 화를 내고 있던 것이었다. 뭐야, 스토킹은 무슨. 괜히 겁먹었군. 의영 씨는 그제야 마음을 놓았고, 그 순간 마음의 다른 부분으로부터 막연한 측은지심이 생겨 '아닙니다. 곧 저녁시간인데 모쪼록 식사 맛있게 하시고 좋은 하루 보내세요'라고 마지막 메시지를 보냈다. 답장은 돌아오지 않았다.

그날 의영 씨는 어째선지 잠을 설쳤다. 딱 한 번, 아주 오래전에 만난 사람이긴 했지만, 기억하기론 그 누구에게도 끌려다닐 것 같지 않은 자주적이고

씩씩한 사람이라는 이미지를 받았었는데. 단지 내 스타일이 아니었을 뿐, 그 누구라도 쟁취할 만큼 자신감이 넘치는 사람 같았는데. 그 의문의 여자는 과연 어떤 여자였기에 사람을 저렇게까지 최악으로 만들어버린 걸까.

'메신저 이름 ㅇㅇ 사태'는 그렇게 일단락되는 듯했으나, 며칠이 지나지 않아 이번엔 또 다른 사람이 새벽에 문자를 보내왔다. 이번엔 아주 친숙한 이름이었다. 평소에 되게 반듯하다고 생각했던 후배. 누구라도 예뻐했고 누구에게도 다정했으므로 하얀 비둘기가 사람으로 다시 태어난다면 아마 너일 거야. 라고들 했던 후배.

'사실 나는요 언니. 언니가 죽었으면 좋겠어. 세상에서 제일 아프고 불쌍한 방식으로.'

잠이 한 번에 다 달아났다. 메시지의 내용도 내용이었지만, 의영 씨가 아는 그 후배는 절대 그런 메시지를 보내올 사람이 아니었기 때문이다. 어떡하지. 이번에도 무슨 일이니 하고 답장해야 하는 걸까. 아니면 모르는 척을 해야 하는 걸까. 오타가 한두 개쯤

섞여 있는 것 같은데, 술 취해서 하는 말인 걸까.

그렇게 아주 옅게 잠에 들었다가 깨다가를 반복하니, 아침에는 그 후배로부터 '죄송합니다'라는 메시지가 하나 더 들어와 있었다. 악담을 해서 죄송하다는 건지, 엄한 데에 문자를 보낸 것이 죄송하다는 건지는 알 수 없었으나 굳이 답장하지는 않았다. 다만 마음이 조금 씁쓸할 뿐이었다.

그날 출근을 위해 직장으로 향하면서는 늘 그렇듯 여러 사람과 스쳤다. 그중에는 하루의 루틴이 겹쳐서인지 얼굴이 눈에 익은 사람도 몇 있었다.

평소였다면 그저 소품처럼 공기처럼 여겨졌을 그 사람들을 의영 씨는 한 명 한 명 유심히 바라보았다. 어쩌면 웃고 있는 저 사람의 본심은 안 웃고 있을지 몰라. 태평해 보이는 저 사람의 마음속에서는 천불이 일고 있을지 몰라. 잔뜩 인상을 쓰고 있을수록 그 안에는 농담이 가득할지도 모르지. 오피스에 도착해서는 사람들과 대충 인사를 주고받았다. 그 안에서 가장 사회성이 좋은 동료가 '오늘도 행복하시길 바랍니다'라는 인사를 건네왔다.

의영 씨는, 진심이세요? 라고 묻고 싶은 것을 가까스로 참아야 했다.

25

그래도 꼭 한 번은 다시 만나고 싶었다.

줄 것도 있고, 그땐 여러모로 컨디션이 좋지 못했고, 나누고 싶은 이야기가 피차 아직 남아 있는 것 같은데 거기서 그렇게 잠깐 본 걸로는 부족하지 않냐는 식으로 이야기를 꺼냈더니 그녀도 마침 비슷한 마음이었다고 하기에 얼른 약속부터 잡았다. 일하는 일정 빼고 이미 잡혀 있던 일정도 다 빼고, 가장 빨리 볼 수 있는 날짜를 묻고 그 뒤에 거기에 맞춰 내 일정을 정리했다. 다시는 미루기도 놓치기도 싫었다. 지금까지 미루고 놓친 걸로도 이미 넘치도록 충분했다.

그녀를 만나는 날, 나는 파리에서의 그것과는 다

르게 최대한 단정한(그리고 우리가 함께일 때보다 좀 더 세련되어진) 옷차림을 갖추려 아침부터 부단히 애써야 했다. 여전히 아끼고 즐겨 입지만 언젠가 그녀가 나와는 안 어울린다고 말했던 황토색 재킷부터 마치 야구공을 던지듯 저 바깥으로 던져버리고 시작했다. 저걸 입는다면, 넌 어째 달라진 게 하나도 없다는 말을 들을 게 뻔했다.

고르고 고른 게 어째 평소에 출퇴근할 때 입는 것보다 덜 예쁜 것 같았지만, 회색 재킷과 검은 면바지를 입고 약속 장소로 가는 길에는 왠지 모르게 찝찝한 기분에 휩싸여야 했다. 그도 그럴 게 내가 알고 있기로는, 그녀는 새로 만나는 사람이 생긴 상황이고, 나는 그걸 알면서도 그녀에게 잘 보이려 안간힘을 쓰고 있었으니까. 마치 밀회를 나누는 기분, 영화 화양연화의 차우가 된 기분. 가는 길에 꽃집이 보이면 꽃을 사야 할까. 지금이라도 좀 더 분위기가 좋고 그녀가 좋아할 만한 카페를 찾아서 그곳에서 보자고 해야 할까. 조금 더 걸으니 정말로 인테리어가 과하지 않아 주인의 미감이 좋다는 걸 알 수 있는 꽃집이 눈에 들어왔고 그 주변으로 아주 한산하고도 예쁜 카페를 찾게 되었지만 그냥 말았다. 이렇게까지 신경 쓰는 일은, 어쩐지 정말로 잘못을 저지르는 것 같단 말이지.

그렇게 오만 가지 생각을 하면서 닿은 곳에서, 그녀를 기껏 만나놓고서 나는 누구보다 건조하고 퍽퍽한 얼굴과 행동으로 일관했다. 밥은 먹었냐고 물으려다 그냥 왔냐고만 말했다. 무엇을 마시고 싶냐고 물으려다가 그냥 시키라고만 했다. 오기 전에 무슨 일이 있었는지, 아니면 그런 건조하고 퍽퍽한 나 때문인지, 그녀도 얼굴이 실시간으로 굳어지고 있었다. 나는 목이 타서 차가운 커피를 벌컥벌컥 들이켰다. 기왕 만난 거 이야기라도 잘해보자는 마음으로 그녀에게 물었다.

"좀 마셔."

그녀는 앞에 놓인 커피를 내려다보기만 하다가, 나의 말을 듣고는 커피잔에 시선을 고정하고는 대답했다.

"여긴 커피 말고는 아무것도 안 팔아서. 그러면 나 마실 게 없어서."

나는 말했다.

"찾아보니까 그렇긴 하더라."

"알고 있었어? 근데 왜?"

나는 초 단위로 분위기가 붕괴되는 걸 느끼며, 그리고 내가 왜 그랬을까를 수십 번 자책하면서 입을 열었다.

"그냥. 우리가 이젠 서로 챙겨주는 사이는 아니잖아."

그러니 그녀가 쓴웃음을 지으며 다시 입을 다물었다. 아. 내 마음이 지금 이렇게까지 지옥이라는 걸 그녀가 안다면, 실시간으로 사랑하는 마음과 이러면 안 된다는 마음이 충돌하며 지진을 일으키고 있다는 걸 알게 된다면, 그게 나의 이러한 찌질함과 차가움에 대한 변명이 될 수 있을까. 변명이 된다면 무슨 소용이 있을까. 나는 이 사람과 깔끔하게 관계를 정리해두고 싶은 건가, 아니면 다시 가까워지고 싶은 걸까. 그런 거라면 도대체 왜?

나는 그 스스로를 향한 절망과 동정심에 조금 촉촉해진 얼굴로 주머니에서 작은 크라프트 봉투를 하나 꺼냈다. 봉투는 얇은 마스킹 테이프로 정성스레 포장되어 있었다. 그녀의 눈도 아주 잠깐, 우리가 매일같이 함께했던 그때의 것과 비슷하게 반짝였다.

"집 정리하는데 이게 나오더라고. 너 좋아하는 캐릭터 열쇠고리. 주려고 사놨던 건데, 결국 못 준 채로 몇 년이나 갖고 있었어. 나도 포장을 안 뜯어봐서 모양은 잘 기억이 안 나는데. 아마 네가 가장 좋아하는 그 파란색 캐릭터일 거야."

그녀는 그날 거의 처음 보여주는 웃음을 지으며 그것을 받아들고는, 뜯어봐도 돼? 라고 물어왔다. 나는, 그럼, 너 주려고 산 건데, 라고 대답했다. 그 얇은 손가락에 의해 뜯긴 크라프트 봉투는 아주 오랫동안 지켜온 것을 드디어 제대로 된 주인에게 내어주듯 순순히 내용물을 뱉어냈다. 내가 기억했던 대로, 그건 그녀가 좋아했던 어떤 애니메이션의 파란색 캐릭터 열쇠고리였다. 그녀는 조금 흐려진 것 같은 눈, 그러므로 그 속을 제대로 알 수 없는 눈으로 내려다보며 그것을 매만졌다.

"진짜 오랜만에 보네…."

"그래? 왜? 이제 그거 안 좋아해?"

"아니. 이거 말고…."

"이거 말고 다른 게 좋아졌어?"

아이고. 이 바보야. 나는 그녀가 '오랜만에 본다'는 게 그 열쇠고리가 아니라 나였음을 몇 초 뒤에 깨닫곤 속으로 끝없이 절망했다. 이 눈치 없는 새끼. 그녀는, 아니다, 됐다, 라고 말하는 표정을 짓고는, 아무튼 고맙다고 말했다.

"아직 좋아하고 있는 줄 알고 가져왔지."

"그치. 되게 좋아했지. 지금 봐도 좋고. 근데 그냥, 나도 바쁘게 살다 보니 좋아하는 일에 좀 소홀했나 봐."

"일이 많이 바쁜 거야?"

"그럼, 바쁘지. 내가 언제까지나 그 나이일 줄 알았어? 이젠 나도 바빠."

내가 그녀에게 많이 바쁜 거냐고 묻고, 그녀가 나에게 그만큼이나 바쁘다고 대답하는 날이 올 줄은 꿈에도 생각하지 못했다. 아주 오래전에는, 늘 그녀가 나에게 바쁘냐고 묻고 나는 그 앞에서 나의 바쁨에 대해 열변을 토하는 쪽이었는데.

결국 시시콜콜한 이야기, 둘 사이에서 별로 대단하지도 않은 이야기들, 예를 들면 승무원의 근무 패턴이나 편집자의 삶 같은 것, 좋아했던 식당이 폐업하고 응원하는 스포츠팀이 드디어 우승했다는 이야기 같은 것을 하느라 시간을 다 소비하고 허망하게 만남을 마무리해야 했다. 그렇게 아슬아슬하게 대화의 끈이 이어지다가, 그녀가 누군가로부터 걸려온 전화를 받느라 카페 바깥으로 나섰을 때 나는 오늘의 만남이 끝났음을 직감했다. 누구의 전화인지는 알 수 없었지만 한편으론 알 것도 같았다. 유리창 하나를 사이에 두고 서서 전화를 받는 그녀는 누구라도 반할 만큼 환한 미소를 지으며 전화를 받고 있었다.

적당한 인사를 나누고, 그녀를 만나기 위해 걸어 왔던 길을 고스란히 되돌아가면서 생각했다. 우리는 왜 헤어졌을까? 우리가 주로 싸웠던 이유에는 무엇 무엇이 있었을까?

인간은 누군가와 함께하는 동물, 누군가와 함께 하지 않으면 결국 쓸쓸하게 죽어버리고 마는 동물이지만, 어느 수준의 아픔이나 고충 앞에서는 자기의 힘듦에만 집중하는 어쩔 수 없고도 알량한 한계를 지녔기 때문, 그리고 그건 그때의 나와 당신 역시 마찬가지였기 때문, 이라고 생각했다.

사랑이 시들어갈 무렵, 우리는 각자의 아픔 앞에서 어쩔 줄 몰라 하고 있었다. 나는 이전까지의 것들과는 비교도 안 될 정도로 거대하고 꾸준한 분주함 앞에서 정신을 못 차리고 있었고, 그녀는 그 나이를 통과하는 사람 중 일부가 느끼곤 하는 사람에 관한 환멸과 이 길이 정말 나의 길이 맞는 건지 하루 단위로 답이 뒤바뀌는 불안감에 시달리고 있었다.

그렇게 서로가 각자의 깜깜하고 막막한 터널을 통과하는 데에 전념하는 동안, 어쩌면 우리는 마음에도 총량이라는 게 정해져 있어, 그 마음을 다 쓰고 나면 타인에게 건넬 마음이 남지 않게 된다는 걸 동시에 깨닫고 있었다. 바쁜 하루를 마치고 난 뒤에는 도저히 당신을 향해 건넬 따뜻한 말이 떠오르지 않았다. 나에게 있는 내 몫의 불안을 당신은 미처 알아봐 주지 않았다. 그저 당신의 불안만이 이 세상에서 유일한 불안인 것처럼 굴었다. 그리고 그렇게 서로가 서로를 은연중에 놓아버리고 나서 꽤 오랜 시간이 지난 뒤에야 '나와 당신이 너무도 나와 당신만을 생각하고 있었구나' 하고 깨달을 수 있게 된 거였다.

내가 분주해졌던 것, 더 바빠지길 원했던 것도 그로 인해 너를 더 좋은 곳으로 데려가고 네게 최선보단 최고에 가까운 것을 주고 싶어서였는데. 어느 순간 그 분주함의 이유와 행위의 주객이 전도되어 버렸다는 걸. 그리고 한 사람이 힘들 땐 다른 한 사람이 더 다정해지면 좋았겠지만, 하필이면 기구하게도 둘이서 각자의 힘듦으로 허우적대느라 헤어져 버리고 말았다는 걸 깨달은 것이다. 당신과 내가 완전히 힘들어하지 않을 순 없더라도, 조금은 순서를 두고, 왼발과 오른발의 걸음걸이처럼 번갈아서 그러했다면, 우리는 조금 더 서로에게 다정할 수 있었을 텐데.

하지만 과연 모든 사랑하는 이들이 그런 방식으로만 서로를 챙겨줬겠는가? 타이밍 적절하게 번갈아서 힘들어하고 챙겨주는 루틴이 자연적으로 만들어지는 거였을까? 아마 아니었을 것이다. 사랑에 성공한 이들, 그러니까 이를테면 결혼이라는 제도적 장치로 묶인 이들 역시 두 명의 당사자가 동시에 바쁘거나 힘들어지는 순간을 분명 한두 번은 맞이했었을 것이다. 그들의 사랑 역시 탄탄대로만 펼쳐져 있는 사랑은 아니었을 것이다. 그저 어느 한쪽이 그때의 우리보다 훨씬 더 다정했거나, 훨씬 덜 예민했거나, 그 사랑의 농도가 훨씬 더 짙었거나 했었겠지. 그렇게 그 사랑도 흔들릴지언정 계속 안녕할 수 있었던 거겠지. 그리고 그런 차원에서 생각했을 때, 아마 이별의 원인은 대부분 나에게 있었을 것이다. 내가 열심히 일해야 하는 진짜 이유를 하루에 한 번이라도 스스로 상기시켰다면, 연기에 가까웠을지라도 오늘 하루는 어땠는지, 다정한 태도로 그녀에게 한 번이라도 더 물었었다면, 우리의 사랑도 그렇게 허무하게 끝나버리지는 않았을 텐데.

그러게. 난 늘 그랬네. 늘 그렇게 사랑하는 사람에게 상처만 줬었네. 너는 얼마나 바뀌었니? 혹시라도 다시 기회가 생긴다면, 이제는 그런 것들을 감수해 볼 생각이 있어? 그때와는 조금 달라진 네가 됐니? 일보다 불안보다 날씨와 계절보다 더 불확실하고 정체가 불분명한 사랑이라는 걸 믿고 가장 소중하게 다뤄볼 생각이 있어? 영업을 하지 않는 어느 가게의 쇼윈도에 비친 내 얼굴에 대고 물었다. 그는 아무 대답도 하지 않았다.

몇 시간에 전에 봤던 그 꽃집에 들러 꽃을 몇 송이 샀다. 그리곤 집으로 오자마자 꽃병에 물을 받고는 그곳에 잘 꽂아두었다. 물을 빨아들이기 시작한 꽃들은, 마치 영원히라도 살 것처럼 금방 활짝 피어났다. 꺾이고 줄기가 잘려 죽음이 예약되어 있는 그것들이 앞날도 모르고 당장의 해갈에 좋아하는 모습을 보는 것이 이상하게 슬펐다. 그게 꼭 누군가와 단절됐음을 누구보다도 잘 알면서 한편으로는 피어나는 마음을 보고 있어야만 하는 나 같아서.

뭐?

좀 멋진 모습도 보여주고 싶은데
그 사람 앞에선 자꾸 찌질해지기만 한다고?

멋있는 건 둘째치더라도
사랑하고 있는 것만큼은 분명한가 보군

26

어느덧 마지막 독서 모임이었다. 우리는 오늘까지 총 4권의 책을 읽고 일주일에 한 번씩 만나 읽은 책에 관해 개인적이고도 솔직한 토론을 나눴다. 같은 책에 관해 떠든다고 해도 누군가는 그 책을 극찬했고 다른 누구는 그 책을 읽기가 좀 힘들었다고 말했다. 그 남자는 첫 주부터 시작해서 오늘의 마지막 모임을 할 때까지, 단 한 번도 입가에서 미소를 지우지 않았다. 그리고 나는 그의 그런 얼굴을 보는 것이, 그리고 그와 대화를 나누는 것이 솔직히는 무척 즐거웠다. 당장 다음 주부터는 그를 만나지 못할 거라는 것이 아쉬울 지경이었다. 물론 솔직히는, 더는 그를 통해 그녀의 행복을 유추하지 못하게 되는 것이 아쉬울 뿐이었겠지만.

마지막 모임이었으니만큼 모임이 끝난 뒤엔 주변의 어느 술집에서 작게 뒤풀이를 했다. 경리단길의 어느 낡은 건물 2층에 있는 조용한 술집이었다. 오래된 건물이다 보니 2층으로 올라가는 계단이 무척 가파르고 좁았으므로, 나는 나도 모르게 '지금까지 몇 명의 사람들이 이 계단에서 굴러서 머리가 터졌을까?'를 궁금해하기도 했다.

술자리가 길어지면서, 멤버들의 행동도 조금 더 커지고 입도 걸어졌다. 여기저기서 잔 부딪히는 소리, 담배나 피우러 나가자며 말을 주고받는 소리. 주변을 돌아보게 될 정도로 큰 소리로 주고받는 음담패설들이 빗발쳤다. 과연 누가 우리를 독서 모임으로 생각할 수 있을까. 주로 소주를 마시는 내게 와인을 제외한 외국 술들은 익숙지 않았으므로, 나 역시 금방 행동이 커졌고 시야가 평소 술을 마실 때보다 빠르게 흔들리기 시작했다.

위험하다는 생각이 들어 바람을 쐬러 나갔다 오겠다고 했다. 밤공기를 마시면 조금 괜찮아질 것도 같았다.

그렇게 계단을 내려가는데, 계단 저 아래에서 둥그스름한 그림자가 하나 보였다. 자세히 보니 그건 두 사람이 겹쳐 있는 모양새였는데, 그중 하나가 바로 그 남자라는 건 계단을 몇 개 더 내려가고 나서야 알아차릴 수 있었다. 그 남자는 독서 모임의 다른 멤버 한 명과 입을 맞추고 있다가, 나와 눈이 마주치자 황급히 그녀를 자신에게서 떼어냈다. 그녀 역시 나를 보고는 덥다는 듯이 얼굴에 손부채질을 하며 나를 스쳐 계단을 올라갔다.

그는 주머니에서 담배를 꺼내 불을 붙이고 있었다. 나는 그의 옆에 서서 그에게 물었다.

"제가 방해를 했나요?"

"아아. 호스트님. 아닙니다. 실수입니다. 실수요."

실수라고. 아무튼 술은 확 깨는군. 나는 작게 피식 웃고는, 그가 담배를 피우는 동안 저 먼 곳만 보고 있었다. 종종 주변을 스치는 사람들의 국적을 알 수 없는 외국어가 들려왔다.

그렇게 그와 다시 올라온 2층에서는, 갑자기 무슨 바람이 불었는지 내가 대화를 주도하기 시작했다. 평소라면 절대 그럴 성격이 아니었지만, 낯선 술을 마셔서였는지 입이 저절로 움직이기 시작했다.

"우리 연애 이야기나 해보죠. 지금 만나는 사람 있는 사람이 누구죠?"

여기저기서 손을 들기 시작했다. 하지만 그 남자는 손을 들지 않고 있었다. 그가 괘씸해지기 시작했다. 나는 그에게 손가락을 들이밀며 말했다.

"만나는 사람이 없다고요? 아닐 텐데? 나는 알 거 같은데?"

그는 하는 수 없다는 듯이 웃어 보이고는, 아주 작게 손을 들어 보였다. 조금 전까지 1층에서 그와 입을 맞추고 있던 여자는 알 수 없는 표정을 짓고 있었다.

"제가 요즘 외로워서 죽겠는데요. 여러분 연애하는 이야기 들으면서 대리만족이나 좀 하려고요. 만나는 사람은 어떤 사람이에요?"

그렇게 물으니, 나와 가까운 곳에 앉은 사람부터 대답을 하기 시작했다. 제 남자친구는 옆 부서 사람인데요, 몰래 사내 연애를 한 지 일 년이 넘었어요. 근데 저희는 저희가 누구도 모르게 잘 만나고 있다고 믿고 있었는데, 요즘은 저희 빼고 모두가 그걸 알고 있는 거 같다는 생각, 그리고 우리가 우리끼리만 조심스레 만나는 걸 자기들끼리 멀찌감치서 보면서 즐기고 있는 것 같다는 생각을 하기 시작했어요. 트루먼 쇼처럼요. 사람들이 한차례 웃었고 이제 그 옆에 있는 사람이 자신의 연인에 대한 이야기를 하기 시작한다. 그들 연인은 사실 만난 지 얼마 되지 않아, 추억도 이렇다 할 이야깃거리도 없고 그냥 설레기만 한다고 말했다. 사람들은 온갖 앓는 소리를 내며 부럽다고 말했다.

드디어 그 남자의 차례였다. 나는 다시금 그 남자를 직접적으로 가리키며, 연애 이야기 해주세요, 라고 말했다. 그러니 그 남자는 난처한 표정을 지으며 이렇게 말했다.

"사실 아까도 손을 들까 말까 고민했던 게, 이제 헤어지려고 하거든요. 여자친구랑."

그러니 사방에서 다시 정체불명의 추임새가 들려왔다. 아니 도대체 왜. 이렇게 좋은 사람을 두고. 헤어지면 나랑 사귀어요. 뭐라는 거야 이 사람은. 그러니 그 남자는 다시금 조금 굳어진 표정으로, 지금의 연인, 그러니까 아마 유정에 관한 이야기를 하기 시작했다. 처음에야 마냥 사랑스럽고 귀엽기만 했지만, 이상한 면이 있는 사람 같다고. 일단은 고집이 너무 세고 그만큼 집착도 너무도 세서 핸드폰 비밀번호부터 시작해서 사적인 모든 것을 물어보는 게, 그리고 툭하면 삐지고 사랑을 확인받으려고 하는 게 귀찮아서 죽어버릴 것 같다고. 어쩔 땐 내가 그녀의 남자친구가 아니라 감정적인 쓰레기통 역할을 하기 위해 그 옆에 있는 게 아닐까 하는 생각마저 든다고.

사람들은 그의 말에 열광적으로 호응하고 있었다. 어머, 그런 사람 정말 최악이지. 그건 살라고 하는 게 아니라 죽으라고 하는 말들이지. 나는 그저 아무 말도 안 하고 그걸 듣고만 있었다. 내가 어떤 말과 행동을 할지, 그리고 그것이 과연 어떤 파문을 불러울지 나조차도 알 수 없고 그게 나도 두려워서 가만히만 있었다. 그리고 그가 일 층에서 입을 맞추었던 그 여자, 그녀를 바라보며, '차라리 그런 여자가 아니라 수영 씨 같은 사람이 내 여자친구라면 좋을 텐데'라는 말을 하는 순간 그렇게 안간힘을 쓰며 지키고 있던 평정심을 깨뜨릴 수밖엔 없었다. 나는 물이 담겨 있던 플라스틱 컵을 집어 바로 그에게 던졌다. 여기저기서 놀라는 소리 또는 어이없다는 듯한 웃음소리가 들려왔다. 얼굴에 물을 뒤집어쓴 남자의 표정이 낯설 정도로 굳어져 있었다.

"적어도 아직 만나는 사이면 그렇게 말하면 안 되는 거 아니냐?"

"지금 뭐 하는 거예요?"

"당신들도 이 양반들아. 저게 뭐가 잘하는 일이라고 호응이야."

뭐야, 미치셨어요? 술 많이 드셨나 보다. 크고 작은 목소리가 들려오고, 화 때문인지 술기운 때문인지 세상이 더 빠르게 돌기 시작했다. 뜨문뜨문 기억나는 것은 내가 테이블을 엎어버렸다는 것, 그 남자를 끌고 나가다가 계단 중간쯤에서 발을 헛디뎌 그와 함께 지상으로 쏟아져 내렸다는 것, 서로 몇 번이고 주먹을 주고받았지만 서로의 주먹이 모두 얼굴 주변을 스치기만 했었다는 것 정도.

그렇게 여러 사람이 뒤엉켜 모임은 흐지부지됐고, 지난 한 달간 내게 호의적이기만 했던 사람들은 몇 마디의 실망 가득한 말을 남기고 내 주변을 떠나갔다. 나는 문을 닫은 어느 가게 앞에 걸터앉아 여전히 가시지 않는 화를 식혀야 했다. 열두 시쯤에는 호스트 자리를 맡긴 대표로부터 온갖 고성과 욕설이 섞인 전화가 걸려 왔고, 나는 뭐 어찌 됐든 죄송하게 됐다고 말했다. 그는 다시는 내 얼굴을 볼 일이 없을 거라고 말하며 사납게 전화를 끊었다.

망했다. 이 나이 먹고 무슨 쌈박질을 이렇게. 이제 얼굴을 어떻게 들고 다니나. 과연 어느 범위까지 어떻게 수습해야 하나. 막막하기만 한데. 분명 막막한데 왜 이렇게 한편으론 후련하고 신나는 건지. 웃음이 간헐적으로 실실 삐져나오기도 했다.

27

의영 씨 이야기 3

의영 씨에게 새로운 메시지가 도착했다. 의영 씨는 이제 전보다 크게 놀라지는 않았다. 메시지를 보내온 사람은 한두 달에 한 번씩 의영 씨와 만나 술을 마시는 친구로, 친한 사이냐, 친하지 않은 사이냐를 물으면 친한 사이라고 답할 만한 사람이었다. 그도 그럴 것이, 의영 씨의 몇 없는 이성 친구인 민기를 그녀에게 소개해 주었으며 그 둘은 지금도 잘 만나고 있었으니까. 그녀와 의영 씨, 그리고 민기는 종종 번화가에서 만나 함께 술을 마시곤 했다.

그녀가 의영 씨에게 보내온 메시지의 내용은, 한 번만 읽어서는 좀처럼 이해되지 않는 내용이었다.

'신촌 망고트리 앞. 목요일 세 시. 구실 만드느라

힘들었음.'

이게 무슨 말일까 싶어 신촌 망고트리를 검색해 보니 상호가 하나 나왔다. 그리고 그 상호가 모텔임을 알게 된 순간, 의영 씨는 그녀가 그다지 떳떳하지 못한 약속을 잡고 있다는 것을 눈치챌 수 있었다. 한 달에 한 번은 무조건 가까운 곳이라도 여행을 다녀왔었으니까. 이해가 되지 않을 정도로 사진도 자주 남기는 두 사람이었으니까 잘만 지내는 줄 알았는데. 세상에 네가 이런 짓을 저지르고 있었다니.

무슨 용기가 샘솟은 건지는 모르겠지만, 의영 씨는 곧바로 그녀에게 '알겠음.'이라고 답했다. 그리고는 정말로 그 약속 장소에 나가봐야겠다고 생각했다.

약속 당일, 의영 씨는 늦지 않게 신촌 망고트리 모텔 앞으로 향했다. 가면서도 정말 이곳이 맞는 건지가 헷갈렸지만, 도착했을 때 저 멀리에 그녀가 서 있는 것을 보고는 명쾌함과 가증스러움이 뒤섞인 웃음을 내뱉을 수밖엔 없었다. 그녀에게 점점 가까워지던 의영 씨가 바로 앞에서 멈춰 서니, 그녀가 당혹스러워하며 말했다.

"네가 왜 여기 있어? 원우 씨는? 아!"

그녀가 조금 전에 뱉은 글자들을 입안으로 주워 담으려는 듯이 손을 입에 가져다 댔지만, 이미 의영 씨의 귀에 들어간 것은 도로 가져올 수 없었다. 원우 씨. 분명 원우 씨라고 했다. 의영 씨가 모르는 이름이었다.

"그 남자 이름이 원우 씨인가 봐? 여기서 만나서 들어가려고 했었나 보지?"

무슨 답이라도 했으면 좋겠는데. 그녀는 말이 없었다. 의영 씨가 매섭게 다시 쏘아붙였다. 민기는? 민기는 어디다 두고? 그러니 돌연 그녀의 표정이 표독스럽게 변하더니, 도리어 되묻는 거였다.

"어떻게 알고 왔는데? 원우 씨 알아? 뭐 협박이라도 하게?"

"아니. 그 원우 씨라는 사람은 오늘 너랑 만나기로 한 것도 몰라. 애초에 네가 여기 장소랑 시간 적어서 메시지 보낸 거, 그거 그 사람 아니고 내 번호였으니까. 원우랑 의영 둘 다 이응 들어가 있으니까 헷갈렸었나 봐?"

좀 똑바로 확인하지 그랬어. 응? 그녀는 바닥만 보고 아무 말도 하지 않다가, 살짝 억지웃음을 띠며 의영 씨에게 물었다.

"그렇게 됐네… 나 좀 별로다 그치?"

"그냥 넌… 아니다. 조금. 조금 실망했어."

여기서 무슨 이야기를 더 하겠니. 그냥 애초에 여길 나오는 게 아니었는데. 의영 씨는 뒤돌아서서 다시 왔던 길을 도로 걷기 시작했다. 뒤에서 친구의 목소리가 작게 들리는 것 같기도 했지만, 그녀와 더 대화할 기분이 아니었다. 아마 당분간은 내가 저 아이랑 엮일 일은 없겠지. 민기는 어떻게 해야 하나. 오만 가지 생각이 스쳤다. 주머니가 떨렸다. 조금 전의 그녀가 의영 씨를 향해, 그녀의 사적인 핸드폰 말고 'ㅇㅇ'번호를 향해 메시지를 보내온 것이었다.

'민기한테는 비밀로 해줄 수 있어? 미안해.'

28

나는 여전히 경리단길의 길거리에 아무렇게나 걸터앉아 있었다. 새벽 공기가 차가웠다.

그녀에게 전화를 걸어야 했다. 시간도 늦은 데다가 꼴도 말이 아니었지만, 그래도 이토록 분명해진 마음을 지금 당장 보여줘야 했다. 나는 그녀에게 전화를 걸었고, 신호음이 몇 번 울렸고, 이내 그녀가 전화를 받았다.

그녀는 말이 없었다. 무언가가 스치는 소리만 잠깐 들릴 뿐이었다. 아마 잠들어있던 와중에 받은 모양이겠지. 그리고 나의 그러한 무례한 전화가 달갑지만은 않은 모양이었겠지. 하지만 신경질을 내지는 않고 있기에, 그래도 말은 들어보겠다는 것 같아서 나는 어렵게 말을 꺼내기 시작했다.

나 싸웠다. 네가 만나던 사람이랑. 자초지종은 그 사람한테서도 들을 수 있을 테니까 자세히는 말 안 할 거야. 사과가 필요하면 사과할게. 그래도 너에 대해 함부로 말하는 건 참을 수가 없었어. 그래서 어울리지도 않는 행패를 부리고 잘하지도 않는 싸움을 한 거고…. 그 덕분인지는 몰라도 다치지도 않았고. 아무튼 그랬어.

우리가 연인이었을 때 말야. 그때 난 네가 너무 불안정하다고 생각했어. 그때의 넌 매일의 걱정거리를 억지로 만들어낸 다음에 그것에 대해 신나서 걱정하는 사람인 것 같았어. 그렇게 난 네가 극도로 불안정한 사람이라고 생각했는데. 그래서 그 부분이 늘 마음에 들지 않는다고 생각했었는데…. 그때 넌 단지 나를 필요로 할 뿐이었어. 너한테는 마음 놓고 무언가를 염려하는 게 내가 있어서 기쁘다고 말하는 한 가지 방법이었던 거야. 어쩌면 아니었을 수도 있겠지만, 지금의 나는 그랬던 거라고 생각해.

우리 헤어지고 나서 철 지난 로맨스 영화를 하나

봤었어. 거기에서 주인공이 연인인 어떤 남자한테 이렇게 말해. 호랑이를 보고 싶었다고. 그러니까 세상에서 제일 무서운 걸 보고 싶었다고. 좋아하는 남자가 생겼을 때 안길 수 있으니까. 그런 사람이 나타나지 않는다면, 평생 진짜 호랑이를 볼 수 없다고 생각했다고.

어쩌면 너도 그녀와 비슷한 마음이 아니었을까. 생각해 봤어. 너는 안 그럴 수도 있는데, 일부러 네 존재가 세상의 극단으로 가라앉도록 그냥 내버려뒀던 걸지도 모르겠다고. 내가 네 곁에 있다는 사실을 밧줄로 삼아 그런 위험한 놀이를 즐겼던 건지도 모르겠다고 생각해 봤어. 물론 이것도 사실이 아닐 수도 있겠지만 말이야.

난 그걸 까맣게 모르면서 그저 너를 보면서 위태롭다고만 생각했지. 정작 너는 나의 존재만으로도 기쁨에 휩싸여 마음껏 흔들리고 있었는데 말이야. 그러니까 네가 필요했던 건, 그러지 말라고, 그러지 말았으면 좋겠다고 하는 게 아니라, 그냥 내가 여기에 있다고 말해주는 일이었을 텐데…. 아무튼 그래서 싸웠어. 그 새끼. 아니. 그 남자가 꼭 그때의 나처럼 바보 같아서. 너무너무 얄밉고 때려주고 싶어서. 사과할게. 그리고 보고 싶다. 허락만 된다면 지금 당장도 달려갈 수 있을 만큼.

저 건너편에서는 여전히 어떤 말소리도 들려오지 않았다. 다만 깊은 숨소리가 한 번 들리더니, 이내 생각지도 못한 타이밍에 전화가 끊겨버렸다.

완전히 끝났다.

마음은 남았는데 수신할 사람은 이제 없고
끝없이 보내지고 반송되어 다시 돌아오는 마음

그런 마음도 있다

part

04

운명을 믿나요?

29

의영 씨 이야기 4

생각지도 못한 사람으로부터 생각지도 못한 내용의 메시지가 날아오는 게 더 익숙해졌을 무렵, 비로소 의영 씨는 이게 신기하게만 여길 만한 일이 아니라는 생각을 하기 시작했다. 다만, 아, 사실은 모두가 똑같구나, 라고 생각했다. 아무리 내게 좋은 사람으로 기억되어 있던 사람에게도 추하거나 냄새 나는 부분은 있고, 반대로 아무리 별로였던 사람에게도 나름의 낭만이나 순정은 있을지 모른다고. 그러니까 모두의 마음에는 빛이 있는 만큼 어둠도 있고 어둠이 있는 만큼 빛나는 구석도 있는 거라고.

어느 새벽에는 아주 강한 사람이라고 생각했던 사람, 의영 씨 회사의 점포 말고도 다른 브랜드의 점포를 못 해도 다섯 개는 갖고 있었던 알부자 사장님

이 처절할 정도로 무너지는 메시지를 보내왔다. 나 더는 못 버틸 것 같다고. 이내 마음 좀 어떻게 해달라고 말하는 메시지였다. 또 어떤 주말 아침에는 바늘로 찔러도 피 한 방울 안 나올 것처럼 메말라 보였던 대학교 동기가 오늘 아침엔 유난히 네 생각이 난다며, 그래서 아침부터 눈물을 흘리기도 했다며 도통 와닿지 않는 진심을 보내왔다.

의영 씨는 그쯤부터, 매일 아침을 맞을 때마다 내심 '오늘은 또 누가 메시지를 보내올까'를 궁금해하고 즐기기 시작하면서도, 사람의 마음속은 누구도 완벽히는 알 수 없는 걸까, 나의 모든 마음을 터놓고 지낼 수 있는 사람이 과연 이 세상에 있기는 있을까 하는 생각에 조금 외로워하기도 했다.

'그동안 내가 너무 겉모습이나 평판, 느낌에만 의존하며 사람을 판단해 왔던 건 아닐까?'

사실 의영 씨야말로 겉과 속이 철저히 다른 사람이었다. 마음에 벽을 쌓고 일을 일로만 대할 수 있다는 것이 그녀의 일을 하는 데에는 둘도 없는 장점이라고 생각하기도 했지만, 한편으로는 아무도 모르는 자신의 본심이 세상에서 가장 음침하고 더럽고 냄새 난다고 생각하고 있었다.

그런데 이게 뭐람. 나만 그런 게 아니었다니. 다른 사람들의 마음도 다 안과 밖이 달랐다니. 그러면 나도 나에게 메시지를 보내온 사람들을 향해 환멸감만 품을 게 아니라, 이제는 내 쪽에서 먼저 나의 어둠을 사람들에게 슬쩍 던져볼 수도 있는 거 아닐까?

의영 씨는 어느 날, 그런 마음의 소리를 결국에는 외면하지 못하고, 완만하게만 지내왔던 동네 친구에게 의영 씨 본인의 정체를 숨긴 채로 메시지를 보냈다. 사실 나는 가끔 죽고 싶을 때가 있다고. 그리고 누구에게도 이런 마음을 솔직하게 털어놓지 못하는 내가 더없이 지긋지긋하다고. 본격적인 외근을 시작하기 전에 들른 동네 카페에서 커피를 마시며 몹시 자연스러운 동작으로 보낸 메시지였으므로, 그곳에 있는 그 누구도 그녀가 그런 메시지를 보내고 있다는 것을 알아채지 못했을 것이었다. 아마 이 동네 어딘가에 있을지 모를 그녀의 친구도 그 메시지를 의영 씨가 보냈을 것이라고는 전혀 생각하지 못할 것이었다.

동네 친구는 얼마 지나지 않아 그녀의 메시지를 읽고는, 몇 분간 아무 말도 없다가, 신고할게요, 라는 다섯 글자의 답장을 보내왔다.

허탈함이 몰려왔다. 그래. 내가 뭘 바라고 그런 메시지를 보냈던 걸까. 의영 씨는 지금껏 사람들이 익명의 자신에게 그래왔듯, 그녀의 동네 친구에게 '죄송합니다'라는 메시지를 한 통 보내두곤 허탈하게 웃었다.

하지만 아예 의미가 없는 일은 아니었나 보다. 그건 아무도 알아채지 못할 일탈일 뿐이었지만, 마치 실오라기 하나 걸치지 않은 채 알몸으로 거리를 뛰어다니는데 그 누구도 자기를 의식하지 않는 듯한 해방감을 의영 씨에게 안겨주었다. 알 수 없는 희열감. 의영 씨는 자꾸만 실실 터져나오는 웃음을 막으려 하지도 않고 그저 그대로 두었다. 누가 보건 말건.

대각선 방향에서는 연인도 아니고 친구도 아닌 것으로 보이는 여자와 남자가 마주앉아 대화를 나누고 있었다. 두 사람은 영화나 드라마 속의 인물들처럼, 똑같은 말을 똑같은 타이밍에 뱉으며 그때마다 쑥스러워하고 있었다. 매번 똑같은 농도로 얼굴을 붉히는 건 덤이었고.

저 사람들은 마음을 숨기고 있다고 해야 할까, 아니면 말이 아닌 것들로 솔직하게 모든 마음을 드러내고 있다고 해야 할까? 잠깐 궁금해지기도 했지만, 어떤 게 진실이든 지금의 나보다 자유롭지는 않을 거라고 생각했다.

운명?
그런 동화 같은 걸 믿고 기다리는 사람이
설마 아직도 있나요?

그는 그렇게 말하며
저 앞에 걸어가는 누군가의 뒷모습을
하염없이 쳐다보기만 하는 거였다

마치 금방이라도
탄환보다 빠르게 튀어나갈 것처럼

30

몇 해 전, 그해 가을에 나는 나무들을 유심히 쳐다보고 있었다.

퇴근길은 깜깜한 밤이라 잘 못 봤지만, 출근길에는 늘 길을 따라 늘어선 나무들을 자주 넘어다보았다. 계절에 따라 색이 달라졌다가 뭐가 돋아났다가 없어지고 완전히 색을 잃어버리기도 하는 미세한 변화들이 내게 계절을 자각시켜 주기 때문이었다. 근 몇 년 동안, 자의에 의해 타의에 의해 바깥을 잘 안 돌아다니느라 계절 감각이 무뎌졌었으니 그렇게라도 계절을 파악해야 했다. 무뎌진 나는 환절기에 반소매만 입고 나갔다가 감기에 걸리기도 하고 아직까진 괜찮겠지 하며 재킷을 걸치고 나갔다가 땀을 뻘뻘 흘리기도 하고…. 그래서 그 미세한 변화들을 보면서, 이제 슬슬 이런 옷을 입어야겠구나, 감기를 조심해야겠구나 하는 식으로 지냈던 거다.

정말로 그 가을날에는 나무들을 좀 더 유심히 볼 수밖에 없었다. 며칠 전에는 노랗게, 어제와 오늘은 빨갛게 빛나고 있었으니까. 나무들은 정말 빛나고 있었다. 색을 내는 걸 넘어서 자체적으로 빛을 내는 것 같아서. 나는 그게 폭발 같다고 생각했다. 번쩍하고 끝나버리는 폭발의 순간을, 누가 아주아주 느린 속도로, 우주에서 가장 느린 속도로 재생시켜 두곤, 그대로 나무들 위에 덮어 씌워둔 것 같다고.

너와의 관계를 누군가에게 말했을 때, 그리고 그 말에 대해 다시 되돌리면 되는 일 아니냐는 대답이 돌아올 때마다, 나는 안 될 거라는 말과 '우린 너무 멀리 와버렸으니까요'라는 말을 버릇처럼 말하는 사람이었다. 우리는 정말 벌써 적지 않은 계절을 뛰어넘어 서로의 반대 방향으로 던져지고 있었으니까. 나는 우리가 그렇게 영영, 무한의 속도로 더욱더 깊은 이별을 하게 될 거라고 생각하고 있었으니까. 그런데 거기엔, 내가 스쳐 가는 도롯가엔, 그렇게 폭발의 순간이 며칠에 걸쳐서 계속되는 세계가, 0에 가장 가까운 속도로 흘러가는 세계가 공존하고 있었던 거다. 그 속도 앞에선 우리가 헤어지고 멀어지고 있었던 일이 아이들의 폭죽놀이처럼 시시콜콜해져 버리는 거다.

그래서 문득 잘 지내는지 알고 싶어졌었다. 나는 조금 전에 막 헤어진 사람처럼, 그래서 당장이라도 뒤돌아서 너를 붙잡을 수도 있을 것처럼 네 얼굴을 생생하게 기억하고 있다고. 그리고 말해주고 싶었다고. 요 며칠 나는 그랬다고. 폭발하는 나무 앞에서, 우리도 어쩌면 그리 멀리 떨어지지 않은 게 아닐까, 생각해 보았다고.

하지만 현실은 달랐다. 그 가을을 겪고 난 뒤에 다시 몇 번 계절이 바뀌고, 놀라운 우연에 의해 너와 잠깐 스치기는 했었어도, 결국 너와의 격차를 줄일 수는 없었던 것 같다. 너로 인해 흔들렸고 추해졌고 격해졌으며 결국 토해내듯 털어놓았지만, 너는 내게 냉담했다. 말 그대로 모든 것을 폭발시켜 버린 내게 남은 것은 같이 찍은 사진 한 장과 편지 몇 통뿐이었다. 편지를 읽으며 생각했다. 사랑이 슬픈 이유는, 끝이 정해져 있어서가 아니라 끝난 이후에도 누군가의 마음속에서는 계속 이어지기 때문인 거라고.

혼자 시작하고 혼자 단정 지어서 혼자 끝내고

언제 그 버릇 좀 고칠래?

31

그녀가 전화를 걸어온 건, 어느 애매하디애매한 수요일 저녁 여섯 시였다. 그때 나는 수요일 저녁과 어울리는 더없이 심드렁한 표정을 지으며 슬슬 퇴근을 준비하고 있었다. 그 사람으로부터 너무도 스무스하게 '뭐해?'라는 메시지가 왔고, 나는 그것을 보자마자 헤실헤실 웃으며 '너 잘못 보냈어'라고 혼잣말했다. 그리고 몇 초가 더 지나고 나서야 화들짝 놀라며 그 메시지의 존재를 제대로 자각할 수 있었다.

뭐지? 완전히 끝난 거 아니었나?

나는 식은땀을 삐질삐질 흘리며 답장했다. 회사에서 퇴근 준비를 하고 있다고. 그러니 그녀가 곧바로 메시지를 보내왔다. 그럼 잠깐 볼까? 나 마침 그 주변 지나고 있어서. 전화하면 나와. 나 차 갖고 왔어. 내 차 타고 잠깐 어디 좀 가자. 나는 알겠다고 대답하곤 얼른 화장실로 가서 거울을 봤다. 아 진짜. 맨날 잘만 면도하고 다녔는데 하필 오늘 면도를 안 해서는.

그렇게 대충 최대한 사람 모습을 되찾고 나간 곳에는 정말 그녀가 비상등을 켠 채로 흰색 차 안에서 나를 기다리고 있었다. 네가 운전하는 걸 다 보고. 세상 오래 살고 볼 일이라고 생각했다. 나는 왠지 모르게 다소곳해진 몸짓으로 그 차에 몸을 실었다. 그녀는 천천히 어딘가를 향해 차를 몰기 시작했다.

"어디 가는 건데? 말만 해주면 내 차로 가도 되는데."

"딱히 없어."

"딱히 없다고?"

"응, 가만 있어 봐. 나 집중 좀 할게. 어디가 좋을까."

어디가 좋냐니. 뭐를 찾고 있는 걸까. 나는 무엇

하나도 명확하게 알 수 없는 그 상황에 좀처럼 적응할 수가 없어서, 모르는 사람의 차를 얻어 탄 것처럼 뻣뻣하게 굳어 있을 수밖에 없었다. 그렇게 오 분, 십 분쯤 지났을까, 그녀가 '여기가 좋겠다'며 특별할 것 없는 공터에 차를 세웠다.

"뭐야? 여긴 왜 왔어?"

"이유는 없어. 그냥 어디쯤이 이야기하기에 좋을까 둘러보다가 찾은 게 여기야."

"이야기를 한다고?"

"응."

"무슨 이야기?"

"내가 잠도 못 자고 일상생활도 못 할 정도로 궁금하게 생겨서 그런데 말이야. 당사자인 너한테 좀 물어봐야 할 것 같아서."

도대체 뭔데…. 나는 기어들어 가는 목소리로 그

녀에게 물었다.

"모르겠어. 그게 꿈이었는지 진짜였는지도 헷갈려. 꿈이었다기엔 너무 현실감이 있고, 너와 딱 그 시간대에 통화한 기록도 있거든? 그런데 현실이라기엔 그 내용이 너무 말도 안 돼서 말이야. 그래서 물어보려고. 너 이때 나랑 무슨 얘기를 한 거야?"

그녀가 거치대에서 집어 든 핸드폰을 내게 내밀었다. 화면 안에는 그날, 내가 그 남자와 뒹굴며 싸운 뒤에 엉망이 된 상태로 그녀에게 전화를 걸었던 통화 기록이 자리를 잡고 있었다.

아, 그러니까 그날. 너는 아주 잠결에 내 전화를 내 전화인 줄도 받았던 거고, 전화를 받자마자 다시 반쯤 잠에 들어버린 거였다고? 그래서 내가 한 말을 제대로 듣지도 못했던 거고, 그러므로 나를 최악이라고 평가했다든가 한 게 아니었다고? 나는 그 전말이 하도 우스워서 나도 모르게 웃음을 터뜨려버렸다.

"왜 웃기만 해. 이게 어떻게 된 일인지 말해달라고. 나 진지해."

하지만 내가 그녀의 연인과 몸싸움을 했다는 것, 사상 최악의 고백을 해버렸다는 걸 지금 여기서 다시금 이실직고하면, 분위기가 더는 지금처럼 가볍고도 즐거운 분위기가 아니게 되겠지. 나는, 이미 저질러 버린 걸 어떡해, 그렇게 생각하며 한숨을 푹 쉬고 그날에 대해, 그리고 그 남자와 한 달 동안 함께했던 독서 모임에 관해 이야기를 하기 시작했다.

그런데 왜 이 여자는 상황에 어울리지 않게 폭소를 터뜨리는 걸까? 나는 어리둥절하며 그대로 얼어붙어 있었다. 그리곤 왜 웃냐고, 뭐라도 말해보라고 그녀에게 눈으로 애원하기 시작했다. 그녀는 거의 울기 직전까지 웃어젖히다가, 가까스로 평정을 되찾곤 이렇게 말했다.

"나 그 사람이랑 헤어진 지 1년 넘었는데?"

"뭐?"

"그 사람이랑 헤어진 지 1년 넘었다고. 그러니까 너는 내가 아니라, 알지도 못하는 다른 여자 이야기를 그 사람이 하는 걸 듣고 막 화가 나서 그 사람이랑 싸운 거라고. 왜 내가 그 사람이랑 만나고 있다고 생각한 거야?"

"그야 오래 만났으니까 당연히 아직도 잘 만나는 줄 알고…."

그러니까 정리하자면, 우리가 비행기에서 처음 마주쳤을 때부터 그 남자와 그녀가 사실은 만나고 있는 게 아니었다는 것. 그러니까 그 남자가 말하는, 그 '헤어질 예정인 이상한 여자친구'는 유정이 아니었고 나는 엉뚱한 싸움을 했다는 것. 그녀는 꽤 오랫동안 줄곧 혼자였다는 것. 결국 내가 혼자 삽질하고 자격지심에 빠져 찌질의 극한을 달리고 있었다는 것. 귀가 빨개지고 있었다. 나는 머리를 쥐어뜯으며 겨우 말했다.

"혼란스럽네…."

"그러게. 좀 혼란스럽긴 하네. 무슨 어른이 이렇게 유치해?"

"그렇게 됐어. 아무튼 미안했어."

"정말로 주먹질을 했어? 정말로 날렸어? 나 때문에?"

"아 그렇다니까. 뭐가 그렇게 웃겨."

"그냥, 웃겨. 기분도 좋고."

아, 왜 그 짧은 순간에 또 우리 눈은 마주쳐버린 건지. 왜 너는 우리가 사랑했던 시절에, 나를 사랑한다고 말하는 대신 보여줬던 그 눈빛으로 내 옆에 앉아 있는 건지. 나는 나도 당신을 사랑한다고 말하는 대신, 당신은 아닐 수 있으니 나만은 당신을 사랑한다고 말하는 대신, 웃느라 상기된 그 사람의 턱을 살짝 잡아당겨 입을 맞췄다.

사랑해
네가 내게 놀랄 만큼 냉담해졌다 해도

32

일 분, 아니 이 분, 어쩌면 삼 분의 입맞춤 이후에, 우리는 부쩍 어두워진 바깥 하늘처럼 한결 차분해져 있었다. 이제 어떡해야 하지. 터질 것 같은 정적을 뚫고 그녀가 말을 꺼냈다.

“사실 그렇게 우연히 마주쳤을 때부터, 나도 많이 심란해져서 일부러 널 좀 밀어냈었던 것 같아. 차갑게 느껴졌다면 나도 사과할게.”

“심란했다고?”

“응. 사실 네가 나한테 어떤 의미인지, 그리고 내가 너에게 어떤 의미인지 우리는 너무나 잘 알고 있잖아. 근데 그런 네가 하루아침에 내 앞에 나타나 버리니까. 반가워해야 할지 외면해야 할지. 어떻게 해야 할지 모르겠더라."

그러니까 영화를 보자고 하거나 밥을 먹자고 하거나, 네가 한 번이라도 집요하게, 그리고 제대로 나를 잡고 흔들었으면, 나는 네게 홀랑 넘어가 버렸을지도 몰라. 그녀의 그 말에 내 마음이 어느 때보다도 흔들리고 있었다.

"오해가 있어서 못 그랬던 건데. 혼자라는 걸 알았으면 주저 없이 그랬을 텐데. 그러면 지금 쥐고 흔들면 안 되는 건가?"

그렇게 자존심도 다 버리고 떼쓰듯이 물었지만, 그녀는 앙다문 입술로 고개를 저었다.

"아니야. 이러지 말자. 알잖아. 우리 진짜 멀리 왔다."

그런가…. 나는 역시나 앙다문 입술로 고개를 끄덕였다. 그리곤 그녀에게 가보겠다고 말하며 안전띠를 풀었다. 그녀는 그래도 꽤 멀리 왔는데 도로 데려다주겠다고 말했고, 나는 같이 돌아가는 동안 어떤 표정을 지어야 하고 어떤 말을 해야 할지를 모를 것 같다고 말하며 작게 웃었다. 그녀는 내 말을 듣고는 다시는 나를 잡지 않았고, 택시를 잡으려 선 나를 두고 어딘가로 멀어졌다.

이제야 비로소. 정말로 끝이구나. 나는 직감할 수 있었다. 너는 내가 모르는 사이에 이미 나를 완벽하게 놓아주었구나. 내가 하지 못하고 있는 걸 너는 기어코 해내고 말았구나.

잡힐 듯 안 잡힐 듯하다가, 다시 잡힐 듯하다가 결국엔 가버린 너에게, 난 무슨 말을 해야 하는 걸까. 어떻게 해야 이 칭얼대는 마음을, 어리기만 한 마음을 달랠 수 있을까. 나는 더는 과거의 추억에 의지할 수도 없고 미래의 어느 한자리에 네가 머물 것을 기대할 수도 없게 돼버렸다. 오늘의 재회에는 분명 폭소도 있고 입맞춤도 있었는데, 그래서 마치 꿈을 꾸는 것처럼 아찔하게 행복했는데. 집으로 가는 동안에는 자꾸만 눈물이 나서 혼났다. 폭우 속을 뚫고 갔을 때보다 운전이 어려웠다.

아무리 떼를 써도 결국은
안 되는 게 있다는 걸 깨닫는 순간

바로 그 순간이
어른이 되는 순간이 아닐까

33

며칠 동안 집에만 틀어박혀 있었다. 항소와 상고를 거듭했지만 결국 '물러주지 않겠다'는 대법원의 판결을 받아든 어떤 사람처럼, 마지막의 마지막 이별을 기어코 온몸으로 받아낸 여파는 실로 어마어마했다. 처음에는 마음만 아팠으나 점점 몸까지 아파지기 시작했다. 오 년 전 첫 이별을 맞았을 때 충분히 슬퍼하지 못한 부덕함에 이자가 복리로 붙어 한 방에 날아온 느낌이었다.

나는 자포자기한 심정으로 누워 천장을 올려다봤다. 이렇게 아파도 삶은 계속될 거고 어쩌면 이 혼자만의 사랑도 계속되겠지.

다만 이제는 정의를 내리고 싶었다. 사랑에 관하

여 다시 한번 명확하게 선을 그어두고 싶었다. 과연 어디서부터 어디까지가 사랑이었는지를. 그러니까 내가 계절마다 한 번씩 당신이 살았던 집 앞을 서성였던 것과 내가 그 어떤 철부지보다도 못난 말과 행동을 일삼았던 것과 내가 보내지도 못할 편지를 써서 쌓아두었던 그 모든 것이 못나기는 했어도 전부 사랑의 방법이기는 했었음을.

또 사랑이라고 다 똑같은 사랑이 아니었음을. 올바르고도 건강한 사랑의 방법이 어쩌면 따로 있었음을. 그러니까 상대방에게 나의 모든 것을 위임하는 대신, 또 다소 폭력적으로 상대방을 나의 아래로 흡수해 버리는 대신, 나와 당신이 각각의 생김새를 유지하는 동시에 한편으론 하나가 되는 것이 정말로 성숙한 사랑이었다는 걸. 우리도 그래야만 했었다는 걸, 나는 가만히 누운 채로 생각했다.

너를 다시 만날 수 있다면.

이라는 가정은 이제 너무도 터무니없고 먼 이야기가 돼버렸지만, 만약 정말로 너를 다시 만날 수 있다면, 다시는 모든 것을 주지도 않고 모든 것을 요구하지 않겠다고 다짐했다. 네가 원래보다도 몇 배는 빛나는 사람이 되어서 내가 감당할 수 없는 사람이 된다고 해도 기뻐할 거고 반대로 끔찍하고 냄새나는 것들 속에서 허우적댄다고 해도 곁에 있어 줄 수 있다는 이유로 기뻐할 수 있다. 그저 너를 너로만 긍정하면서, 이랬으면 좋겠다 혹은 그러진 말았으면 좋겠다고 말하는 대신 아침에도 밤에도 똑같이 웃어만 줄 거다. 다 버려버리자고 말해도 고개를 끄덕일 거고 다 가지고 도망가 버리자고 말해도 고개를 끄덕일 거다. 너라면, 너의 결정이라면 다 그러자고 할 거다.

그럴 거다. 언제라도 그럴 거다.

34

당신에게. 저예요.

오늘 아침에는 문득, 먹지도 않던 아침밥이 생각났습니다. 한동안 장을 보지 않아 집안에 뭐가 없는 게 당연했겠지만, 나는 냉장고를 열어 반찬 통을 열어보기도 하고 가진 채소가 무엇무엇인지를 확인해보았습니다. 있는 것들을 대충 소금이나 간장 간만 조금 하고 볶아서 먹고 싶어져서요.

감자에 싹이 자라 있었습니다. 양파는 몰라도 싹 난 감자는 먹으면 좋지 않다는 것을 들어서 따로 빼두었습니다. 성가시게 됐네. 그냥 일반 쓰레기로 버리면 될까. 생각하다가 문득, 그래도 너도 살아보겠다고 그런 건데 내가 성가셔해도 되는 건가 싶은 마음이 생겨 물컵에 물을 받아 그 위에 반쯤 잠기도록 싹이 난 감자를 얹어두었습니다. 먹으면 독이 되겠지만, 그래도 자라는 걸 보는 거면 독으로 다가오기보단 오히려 기분이 좋아질 것 같아서요.

결국 대충 달걀과 파 같은 것을 볶아서 정체불명의 아침밥을 먹고는 집을 나섰습니다. 섬광과 섬광과 섬광의 연속이었습니다. 건너편 아파트에 누군가가 이사를 온 모양이었는데, 그래서 이삿짐을 분주히 옮기고 있는 게 보였는데, 거기에 섞여 있던 어느 거울에 햇빛이 반사되어 내 눈을 잠시 멀게 했습니다. 화단에 핀 꽃 사진을 찍으시려던 어느 어르신이 터뜨린 플래시에, 갓 세차를 마친 차가 지나가며 만들어내는 광택에. 그런 것들이 오늘 만들어낸 빛들은 내게 일일이 무척 기분 좋게 다가왔습니다. 아마 그러한 섬광과 섬광과 섬광의 연속 덕분에, 오늘 하루가 나에겐 꽤 오랫동안 빛나는 하루로 기억되겠죠. 날씨가 유난히 좋아서 그랬던 걸까요? 생각해보면 정말 오늘은 날씨가 정말 좋았습니다. 평소였으면 별것도 아니라고 여겼을 것도 새로 보게 할 만큼요.

정말요. 날씨가 좋아서 그랬던 걸까요. 나는 어쩌면 오늘이 당신과 작별하는 날일지도 모르겠다고 생각했습니다. 변덕스레 아침밥이 당기던 날, 그리고 축축한 기운이 쌓여 있던 집을 박차고 나올 수밖에 없었던 오늘 같은 날이면, 당신을 놓아주어도 좋겠다고요.

몇 번이고 한 말이지만, 당신은 늘 빠르고 똑 부러지고 나는 당신에 비해 느리고 뭉툭했습니다. 당신이 사랑을 확신했을 때 나는 그 사랑 앞에서 주저했었고, 당신이 관계 앞에서 위기감을 느끼기 시작했을 무렵 나는 이제야 좀 편안해지는구나 생각했었습니다. 그리고 당신이 나를 완전히 놓아준 지 꽤 많은 날이 지나고 나서야, 나는 뒤늦게 작별을 실감하기 시작하는 것입니다. 이번에도 내가 한 박자 늦었구나, 나는 영원히 당신을 이길 수 없겠구나, 그렇게 생각하며 나는 바보처럼 웃었습니다. 저 앞에서 걸어오던 사람이 나를 이상하게 쳐다볼 정도로요.

우리는 왜 그렇게도 서로에게 수많은 의미를 덧씌우는 데에 몰두했었을까요?

어쩌면 우리가 서로를 알아보고 사랑으로 맺어졌던 것은, 정말로 단순히 우연과 우연이 몇 번 겹쳐서 그렇게 된 것이었을지도 모릅니다. 단, 우리가 각각 특별하다는 믿음, 그리고 특별한 우리가 만났으니 우리의 관계는 더욱 특별해야 한다는 믿음 때문에 그 우연들을 포장해 운명이라는 이름을 다시 붙여주었을지도 모릅니다. 그러기 위해서는 너의 의미를, 그리고 나의 의미를 끝없이 서로에게 덧씌워야 했을 테고요.

헤어지고 난 뒤의 한때는, 그렇게 우리가 분주히 서로에게 의미를 부여하고 우리의 관계를 포장하는 데에 급급했던 것을 생각해 내며, 참 부질없는 일이었다고 생각하기도 했었습니다. 그렇게 부지런하게 굴었는데, 지금 두 손을 내려다보면 아무것도 남아 있는 게 없지 않나, 하는 마음 때문이었습니다.

하지만 일생에 단 한 번, 단 한 순간이라도, 서로에게 매력적인 사람으로 기억되는 것만으로도 우리의 사랑은 충분히 성공적이지 않았을까. 라고 뒤늦게 생각할 수 있게 됐습니다. 그래요. 섬광. 오늘 내가 목격한 몇 번의 섬광처럼요. 아주 잠시였지만, 오래도록 기억될 섬광처럼.

당신은 몇 번의 섬광, 수십 번, 수천 번의 섬광을 내게 보여주며 근사한 시절을 만들어주었습니다. 그러므로 참 다행이었다고, 당신이어서 좋았다고, 고마운 일이었다고 생각할 수 있는 거고요.

그리고 아마, 당신도 좋았을지도 모른다고. 아주 조심스레 생각해 보기도 하는 것입니다. 물론 못난 면이나 밉게 다가갔던 순간도 있었겠지만, 그렇지 않을 땐 당신도 나로부터 빛을 봤을지도 모릅니다. 당신도 내가 한없이 예쁘고 나와 함께하는 우리가 행복하다고 여겼을지도 모릅니다.

그러므로 이제야 알아요. 나도 당신에게 마냥 미안해하기만 할 필요 없다는 걸. 나를 좀 자랑스러워하고 기뻐할 필요도 있다는 걸. 누군가가 나를 좋아해 주었다. 미칠 만큼 사랑해 주었다. 심지어 당신이 그래 주었다. 그것만으로 이제 나는 됐습니다.

빛은 우리가 상상할 수 없을 정도로 빠르면서 동시에 먼 곳까지 날아간다고 하죠. 오늘은 모든 것이

고마워지고 또 애틋해져서, 해가 지기 전에 사방으로 햇빛을 반사시켜 섬광을 날려보았습니다. 이 마음이 아주 잠시라도 당신 주변을 스치기를, 그래서 감각할 수 없을 정도로 미미해도 좋으니 조금의 온기라도 전해주고 가기를 바라면서요.

고맙습니다. 나를 사랑해 주셔서.
내 사랑이 되어주셔서요.

35

거래처 미팅이 있어 자주 찾던 카페로 향했다. 워낙 익숙한 곳이기도 했고 좋아하는 곳이기도 했으므로, 약속 시간보다 한 시간쯤 여유를 두고 자리를 잡아두고 싶었다.

그렇게 가장 괜찮아 보이는 곳에 자리를 잡고 앉아 메모장과 볼펜, 패드 같은 것을 부지런히 꺼내놓고 있다가, 오른쪽 대각선 방향에 앉아 있는 여자 한 명이 눈에 들어왔다. 그 여자는 미팅을 앞두고 있는 나보다도 어쩐지 더 분주해 보였다.

일하러 온 것처럼 보이진 않았다. 지닌 물건도 그리 많지 않았고 무엇보다도 옷차림이 지나치게 화사했다. 그녀는 나와는 좀 다른 방향으로 분주했었는데, 예를 들면 이 의자에 앉았다가 저 의자를 끌어와서 앉았다가, 앞머리를 정돈했다가 금방 고개를 숙여 신발을 매만지고는 다시 거울을 보는 식이었다. 왜 저러는 걸까. 나는 막연히 저 분주함의 전말을 알고 싶어져 얼마간 몰래 그녀를 더 지켜보았는데, 그녀가 손거울을 보며 어색한 미소를 짓는 순간, 그리고 입 모양으로 '안녕'을 말하는 순간 깨달을 수 있었다. 아, 저 사람. 소중하다고 생각하는 누군가를 먼저 와서 기다리고 있는 거구나.

그렇게 삼 분쯤 지났을까. 한 남자가 그녀의 맞은편으로 다가와 앉는 것이 보였다. 여자는 얼굴을 조금 붉히고는 다시 앞머리를 살짝 만지고, 그 남자를 향해 연습했던 '안녕'을 건넸다. 그 미소는 연습 때보다도 좀 더 어색했지만, 그래도 보기에는 좋았다. 둘 사이의 공기가 일순 따뜻해진다. 손을 잡는다거나 서로의 뺨을 만져준다거나 하지는 않는 걸로 보아, 아직 연인 관계까지는 아닌 것 같았다.

워낙 조용한 카페였으므로 둘의 대화는 자주 내 귀를 침범했는데, 나는 또 그걸 듣는 일이 속도 없이 좋았다. 두 사람은 자주 겹쳐서 말했다. 여자가 '있잖아'를 말하는 순간 남자도 동시에 '있잖아'를 말했고, 남자가 '진짜 웃기다'를 발음할 때는 여자도 '진짜 웃기다'를 발음했다. 그들은 그럴 때마다 대단한 무언가를 보기라도 한 것처럼 놀라며 웃고 있었다.

저 두 사람에게는 오늘 하루가 또 어떤 의미로 기억될까. 어쩌면 그 우연들, 자꾸만 말이 겹치는 그 작은 우연들을 소중하게 여겨 그들만의 운명으로 포장할 수도 있겠지.

둘은 예매해 둔 영화라도 있는지, 얼마 지나지 않아 함께 그곳을 떠났다. 나는 아직 그 둘을 향한 감정 이입에서 벗어나지 못했던 관계로 그들이 떠나가고 남은 빈자리를 하염없이 보고 있었다.

그런데 그 오른쪽 대각선 방향에 있던 빈자리로부터 오른쪽 대각선으로 한 칸 더, 그러니까 그 두 사람이 앉아 있을 때는 그들에게 가려져 볼 수가 없었을 그 자리에, 누군가가 앉아서 나와 마찬가지로 그들이 머물렀던 자리를 보고 있었다.

그 여자는 나와 마찬가지로 그들의 모습과 대화

에 젖어 있었는지, 아련한 눈빛으로 그 자리를 보고 있었다. 아닌가? 아련하다기보단 후련한 표정인가? 뭐지? 왜 저렇게 환하게 웃지? 좋은 일이라도 있나? 그렇게까지 그 두 사람이 보기에 좋았나?

아무튼, 역시 내 눈에만 예뻤던 게 아니었네, 생각하며 그녀를 조금 더 자세히 보는데, 나는 잠깐 숨 쉬는 법을 잊은 채로 있어야 했다.

분명 모르는 사람인데, 그 처음 보는 여자는 나와 같은 색의 옷을 입은 채로, 설명할 수는 없지만 마치 사랑받으려고 있는 사람처럼, 몇 년이나 사랑받을 준비를 하고 있었던 사람처럼, 우리 둘은 눈이 마주치는 것이 당연하다는 듯이 나를 쳐다보고 있었던 것이다.

나는 나도 모르게 몸을 일으켜 그 여자가 있는 쪽으로 걸어갔다. 무슨 말을 해야 할지를 생각하지도 않은 채로 무작정 가까워지기부터 했다. 여자는 단 한 순간도 나로부터 눈을 떼지 않고, 자신에게 가까워지고 있는 나를 그저 멀뚱히 보고만 있었다. 웃지도 찡그리지도 않는 얼굴로.

"안녕하세요."

"네?"

"안녕하세요. 다른 게 아니라…. 혹시 혼자 오셨나요?"

"네."

"그렇네요. 혼자 계시네요. 저는 미팅을 왔어요. 좀 미리 왔죠."

여자는 의아한 표정을 짓기 시작했다. 나는 혼자 온 게 맞고, 너는 미팅을 하러 미리 온 것도 알겠는데, 그걸 왜 나한테 말하지? 라는 표정.

"아. 그러니까. 제가 미팅이 언제 끝날지는 모르는데. 괜찮으시면 잠깐이라도 이야기를 나눠보고 싶어서요."

그러니 여자는, 그제야 작게 웃으며 오른쪽 위를, 그리고 왼쪽 위를 번갈아 보며 무언가를 생각하다가 이렇게 대답하는 것이었다.

“진심이세요?”

“네? 네. 진심이죠….”

그러니 그녀가 전보다 더 활짝 웃는다.

“그런데 어쩌죠? 저는 마침 일어나려고 하던 참이었는데.”

여자는 그렇게 말하며 정말로 나갈 채비를 하기 시작하는 거였다.

“아…. 그러시구나. 알겠어요. 죄송했습니다.”

망했다. 그러게 왜 하지도 않던 짓을 해서는. 멀쩡히 잘 쉬고 있던 사람 불편하게 만들어서 도망이나 치게 하고 말이야. 나는 민망한 마음에 얼른 뒤를 돌아서는 원래 앉아 있던 자리로 돌아갔다. 그때 뒤에서 그녀의 목소리가 들려왔다.

"사실 여기가 집 주변이라 자주 오는 거거든요."

나는 가만히 고개를 돌려 그녀의 얼굴을 봤다. 그녀는 여전히 작게 웃고 있었다.

"그러니까 오늘은 말고 언젠가 이때쯤 여기로 오시면, 그땐 같이 있을 수도 있겠어요."

그녀는 그렇게 말하고는, 뒤도 돌아보지 않고 느리지만 빠르게, 서두르진 않지만 주저하지도 않는 걸음걸이로 카페를 나서는 것이었다.

이건 차인 걸까 통한 걸까. 나는 얼얼해질 정도로 피가 쏠린 얼굴을 매만지며 자리에 앉으려다가, 어딘지 모르게 익숙한 말투와 태도라는 생각에 그녀와 마찬가지로 작게 웃었다. 웃는 이유는 달랐을 수 있겠지만. 그리곤 발걸음을 재촉해 계단을 내려가는 그녀의 뒷모습에 대고 말했다.

"이름!"

그녀가 나를 돌아보며 의아한 표정을 짓는다.

"이야기는 다음에 하더라도, 이름이라도 알아두고 싶은데요."

여자는 별다른 고민을 하지 않고, 내게 또박또박 자신의 이름을 말했다.

"의영이에요. 김의영."

정말 말처럼 우연하게도
두세 번 이어졌을 뿐인 우연을
사람들은 너무도 쉽게 운명이라고 여기고
그것에 모든 걸 던지다가 결국 상처 입기도 하지만
그리하여 두 번은 속지 않겠다고 다짐하지만

훗날 새롭게 찾아온 우연 앞에서
무슨 일이 있었냐는 듯 다시 그를 운명으로 여기고

그렇게 다시 사랑을 믿어보기로 하고

36

당신에게.

또 저예요. 어쩌면 이 편지가 마지막 편지가 될지도 모르겠습니다.

어제는 조금 신선한 경험을 했어요. 어쩌면 다른 사람들에게는 그다지 신선하지 않을지 모르겠지만, 나한테는 무척 신기한 경험이었답니다. 그게 뭐였냐면, 바로 카페에서 알지도 못하는 사람에게 말을 걸었던 건데요. 한 번도 본 적 없는 사람에게, 뭐 하는 사람이고 어떤 마음을 갖고 어떻게 말하는 사람인지도 모르면서 무작정 이야기를 해보고 싶다고 다가간 거에요. 물론, 그렇게 무작정 다가간 대가로 퇴짜를 맞은 것 같지만요. 그 사람은 다음에 보자고 말하긴 했지만, 저는 그게 완곡한 퇴짜라고 생각하기로 했습니다. 그게 좀 더 마음이 편할 것 같아서.

그런데 가만히 생각해 보면 그 사람, 당신을 닮았던 것 같아요. 얼굴 생김새도 키도 옷차림도 다 다르긴 했는데, 그 말할 수 없는 존재감이. 그 사람이 거기에 '있음'으로써 느껴지는 감각이 나에게는 너무 애틋하게만 다가와서, 그게 당신을 처음 만났을 때와 소름 끼치도록 비슷해서 어울리지도 않게 용기를 냈었던 것 같네요.

신기하죠? 내가 당신이 아닌 사람으로부터 그런 것을 느꼈다는 게요.

그러게. 가만히 되돌아보면, 우리도 참 오래됐습니다. 내가 당신이 아닌 사람과 침실에서 낮잠을 자게 되고 당신 역시 내가 아닌 누군가와 아침밥을 먹게 된다고 하더라도 이상할 것이 없을 정도로요.

가능성이라는 것에 대해 생각해 봤어요. 만약 그때 우리가 그랬더라면 오늘의 우리는 어떻게 됐을까. 또 만약 그때의 우리가 그때의 우리가 아닌 지금의 우리였다면, 미래의 우리는 달라졌을까. 그런 가능성들 말이에요.

가능성 세계 속의 우리는 어땠을까요? 나는 당신을 놓치지 않고 당신도 나를 포기하지 않은 세계 속의 우리는, 결국 순조롭게 한 살 두 살씩 나이가 들고, 당신도 비로소 바쁘게 몰두할 수 있는 일을 만나 분주해졌을지도 모릅니다. 나도 그때보다 더 바빠졌을지 모르죠. 어쩌면 그렇게 우리는 과정은 다르지만 비슷한 모양의 이별을 맞게 되었을지도 모릅니다. 아니면 좋았을지도 모르죠. 태풍 속에서도 고요할 수 있고 행복할 수 있는 방법 같은 것을 찾게 되어, 우리가 몇 번의 장마와 폭설 같은 것을 함께 뚫어내며 영원히 함께했을지도 모릅니다. 하지만 무슨 의미가 있겠어요. 그런 각각의 가능성들은 모두 픽셀처럼 모자이크처럼 수억 개의 조각으로 부서져 내가 모르는 곳에서 빛나고 있을 뿐이에요.

다만 가능성에만 그치지 않고 분명히 존재하는 사실도 있어요. 당신에게 사랑받았던 나, 당신을 사랑했던 나만은 여기에 이렇게 생생하게 살아 있다는 것입니다. 그러므로 수도 없이 나를 괴롭히는 걱정

과 불안, 날씨 앞에서,

그 사람이 좋아했던 나는 이런 내가 아닌데.

라는 생각으로 조금이나마 더 잘 이겨내고 살아낼 수 있게 된 내가 있다는 사실입니다. 이건 터무니없는 가설도, 일어나지 않았고 어쩌면 영영 일어나지 않을 가능성도 아니고, 당신과 내가 함께했던 시절에 당신이 내게 분명하게 쥐여준 선물 같은 오늘입니다. 그러니까 참 신기하기만 한 거예요. 당신은 이제 여기에 없는데, 또 여기에 분명히 있다는 게. 당신은 그렇게 나에게는 없는 사람이지만 한편으로는 있는 사람입니다.

그러므로 바랍니다. 당신 앞에 있는 사랑은 이제 아마도 타인과의 사랑이겠지만, 그래도 당신의 사랑이 안녕하기를요, 그러면 나의 사랑도 안녕할 테니까요. 그렇게 잘 살고자 하는 나를 사랑하는 마음으로 어딘가의 당신을 사랑합니다.

어디서든 사랑받으려고 있는 사람처럼
그곳에 계시길.

다시 올까요?
우리가 웃으면서 인사할 날이

사랑의 증명

초판 1쇄 발행 • 2024년 7월 15일
2쇄 발행 • 2024년 7월 23일

지은이 • 오휘명
마케팅 • 강진석
디자인 • 유서희
펴낸곳 • 도서출판 히읏
출판등록 • 2020년 4월 28일 제 2020-000109호
제작처 • 책과 6펜스
전자우편 • heeeutbooks@naver.com

ISBN • 979-11-92559-86-5(03810)